마음의 일렁임은 우리 안에 머물고
나의 첫 영화 이야기

강수정 김남숙 김상혁 박사   박연준
서효인 송경원 유재영 이다혜 이명석

테오리아

마음의 일렁임은 우리 안에 머물고

일러두기

외래어 표기는 국립국어원 외래어 표기법을 참조하되,
국내 개봉 당시 영화 제목 등 일부는 통용되는 표기를 따랐습니다.

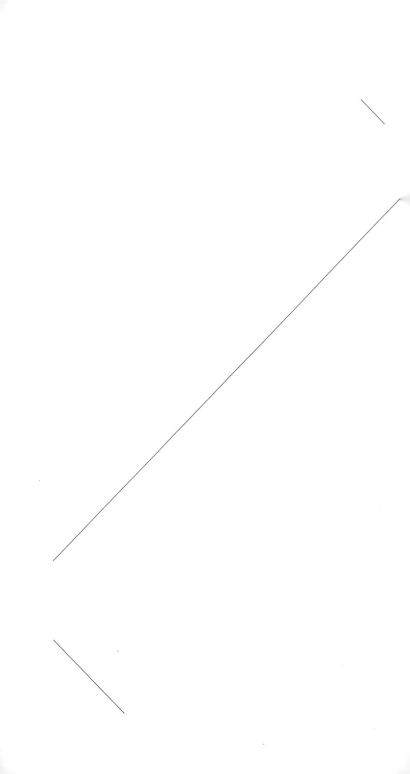

서초동 사는 잉그리드 버그만

김상혁

누구를 위하여 종은 울리나
For Whom the Bell Tolls

감독　　　샘 우드
제작연도　1943년

○

거의 한 세기 전 미국에서 개봉한 이 영화를 본 건 열
두 살 때였다. '주말의 명화' 시작을 알리는 오프닝 곡
이 토요일 늦은 밤 TV에서 흐를 때면 내 심장은 터져
나갈 듯이 뛰었고, 그토록 흥분했다는 사실을 가족이
아는 건 어쩐지 싫었기 때문에 나는 할아버지의 방 한
구석에 조용히 앉아 어서 광고가 끝나기를 기다리곤
했다. 관객은 할아버지와 어머니, 나까지 셋이었다.
할머니는 담배 냄새가 밴 할아버지의 방을 좀처럼 출
입하지 않았다. 우리가 좁고 컴컴한―조명을 켜고 '주
말의 명화'를 시청했던 적은 단 한 번도 없다―곳으로

우르르 몰려 들어가 귀신같이 허연 얼굴로 브라운관 앞에 붙들려 있는 동안, 할머니는 널찍한 마루 한가운데 홀로 앉아서 고무 다라이에 담긴 마늘 따위를 손질하거나 일이 없으면 아예 안방으로 들어가 성경책을 펼쳤다.

영화는 고작 장면 몇 개가 떠오를 뿐이다. 하지만 〈누구를 위하여 종은 울리나〉가 방영되던 날의 집 안팎 풍경과 사정만은 또렷하다. 그날은 번동으로 이사한 후 처음 맞는 토요일 밤이었다. 서초동 아는 이모집에서의 더부살이, 망우동 주택 전세와 고덕동 연탄보일러 아파트 전세를 거쳐 우리 가족이 번동 주공아파트를 분양받게 된 그해 가을은, 너무 어렸기에 세입자의 고통을 실감한 적 없는 나에게도 지나간 여느 가을과는 달리 유독 청명하기만 했다. 15층짜리 아파트에서 운 좋게 8층이 걸렸다며 기뻐하는 가족들에게 '로열층'이라는 말을 처음 배운 가을, 6학년으로 전학오자마자 옆자리 친구로부터 분양아파트와 임대아파트의 차이를 무슨 큰 비밀이라도 되는 양 몰래 배워서 알게 된 가을이었다.

2학기부터 새 학교에 다니게 된 어린 나의 마음도 방금 이사를 마친 집 안 꼴도 어수선하긴 마찬가지였다. 할아버지가 작은방에 당신 TV를 놓았고, 안방으로는 할머니 침대가 들어갔다. 어머니와 내 자리는 마루였다. 할머니와 할아버지는 이사 때마다 각자 방을 하나씩 차지했다. 할머니에겐 어쩔 수 없는 이유가 있었다. 할아버지가 결혼하고 얼마 되지도 않아 기녀를 데려와 신혼집 문턱을 넘더라는, 어느 날 만취한 할아버지에게 죽도록 맞아 쓰러진 자기를 똥구멍으로 몰래 숨 쉬면서 죽은 척하는 간교한 여편네라고 더 패더라는 말을, 할머니는 늙은 남편으로 인해 심기가 뒤틀릴 때마다 한풀이하듯 악을 쓰며 퍼부었다. 처참한 사연에 귀 기울이는 중에도 내 방을 갖고 싶은 욕심에 두 분이 어서 화해하기를 바라긴 했지만 차마 그런 생각을 입 밖으로 꺼낸 적은 없었다. 십 년 후 방이 세 개 딸린 바로 옆 아파트로 이사하기 전까지 나는 마루에서 어머니와 생활하였다.

당시 어머니는 성경을 성우 목소리로 녹음한 카세트테이프 세트를 파는 영업사원이었다. 성음사라는 회사로 기억하는데 하여튼 어머니로 인하여 가까운 친척과 동네 집사님 권사님 모두는 읽는 성경에서 듣는 성경으로의 진보를 상당히 먼저 경험하고 있었다. 나 역시 마흔이 넘은 지금까지도 예레미야– 하고 유독 으스스한 목소리로 성경을 읽어가던 여자 성우의 목소리를 잊지 못한다. 새집에서의 첫 영화 관람을 위해 나는 학교에서 돌아오자마자 낮잠을 잤다. 늦게 퇴근한 어머니와 비몽사몽인 나까지 밥상에 둘러앉아 네 식구가 식사를 마치고 나니 어느덧 '주말의 명화'가 시작할 무렵이었다. 그리고 그날 영화가 다 끝나기도 전에 나는 외국 배우의 이름 둘을 정확히 외우게 된다. 게리 쿠퍼와 잉그리드 버그만. 이유는 몰라도 처음부터 발음이 입에 착착 붙었다. 묘하게 친숙한 이름이기도 했는데 어쩌면 기억할 수 없는 다른 영화를 통해 벌써 몇 번 들었는지도 모를 일이었다. 이름만 기억나는 게리 쿠퍼와 달리 〈누구를 위하여 종은 울리나〉에서 쇼트커트 금발로 등장한 잉그리드 버그만의 모습은 지금껏 생생하다. 드라마 시리즈 〈베벌리힐스 아이들〉 섀넌 도허티(브랜다!)를 보기 전까지 나는 미인이라면 누구나 금발이어야 한다고 생각했다.

누가 묻지도 않았는데 영화 얘기만 하라면 어릴 적 어느 여자 배우가 인생 여신인지를 밝히는 남자 작가의 글처럼 읽기 싫은 건 세상에 없을 것이다. 내가 말하려는 것은 잉그리드 버그만이 얼마나 황홀한 여성이었는지, 그래서 그가 막 사춘기에 접어든 남자애의 성적인 욕망을 얼마나 자극했는지가 아니다. 게다가 나는 어떤 대상을 전적으로 좋아하고 그 대상에 의하여 꾸준히 자극받는 일에 관해선 완전한 패배자나 다름없다. 한때 그토록 애지중지하던 늑대 머리가 음각된 티타늄 지포 라이터와 캐나다에서 직접 구해온 타로 카드는 지금 어디 있는지도 모른다. 그나마 아끼던 물건이 20년 전 대학교 입학하고 구매한 '스노우피크'라는 상호의 휴대용 스테인리스 위스키 보틀이었는데 몇 년 전 집 속에서 우연히 발견된 그것은 곧 중고매매를 통하여 다른 주인 손에 넘어갔다. 영화 〈의천도룡기〉(1993)의 구숙정을 직접 만나 로맨스를 이루겠다는 망상으로 홍콩 가는 방도를 알아보다가, 가난한 중학생에게는 그런 여행이 얼토당토않다는 사실을 깨닫고는 이틀 밤 이불 뒤집어쓰고 울었던 것 치고 그는 고작 일주일 만에 머릿속에서 밀려났다.

셰넌 도허티나 구숙정 때와 비교하면 호르몬을 훨씬 덜 뒤집어쓴 나이여서 그랬는지 〈누구를 위하여 종은 울리나〉의 잉그리드 버그만에 대한 감정은 사랑도 욕정도 아니었다. 나는 그가 되고 싶었다. 그가 되어 게리 쿠퍼와 연애하겠다는 마음은 없었고. 나는 그저 버그만이 되어, 그의 얼굴과 피부와 그의 키로 뭇 사람의 시선을 독차지하며 거리를 걷고 싶어 미칠 지경이었다. 그해 내내 나는 잉그리그 버그만이 되는 상상을 하다가 잠들어야 했다. 스페인 내전에서 게리 쿠퍼와 키스를 하는 버그만은 거기 없었다. 밤마다 나는 그의 외모를 가진, 진짜 버그만은 아닌 그가 되어 서초동 아파트 8층에 살았으며 종종 명동 거리로 나가 핫도그를 사먹었다. 나는 상당한 부자에 한국어도 유창했다. 나는 번동 사는 어머니와 할머니, 할아버지에게 몰래 금전적인 도움을 주며 그들을 멀리서 보살핀다. 물론 거기 아이는 없다. 김상혁이란 아이는 사고로 이미 몇 년 전에 죽었다.

○

그때 나는 나와 주변 모든 것을 혐오했다. 할머니는 자식을 끔찍이 아꼈지만 혈육 말고는 누가 어떻게 되든 상관하지 않는 사람이었다. 그러면서도 교회 목사 말이라면 무조건 믿고 사랑했는데 내가 보기에 그 대머리는 세상 모든 병을 낫게 할 수 있다고 큰소리치는 허풍쟁이 사기꾼이었다. 할머니는 자신이 선택하지도 않은 결혼생활이란 가시밭길 위에서 너무나도 기나긴 시간 고통받았다. 그는 인생 후반부의 하루하루를 견디듯 살아가면서도 매년 다가오는 죽음을 극도로 두려워했다. 어쨌든 할머니의 가장 큰 불행은 이혼이라는 선택지가 그의 관념 속에 존재한 적 없다는 사실일 것이다. 내가 태어났을 무렵 할아버지는 이미 얌전해진 후였다. 그에 관한 흉악한 이야기는 할머니와 어머니에게 전해 들은 게 전부다. 다만 개고기나 사슴 피 같은 음식에 특히 사족을 못 쓰는 그를 볼 때마다 왠지 나는 가족이 고발하는 할아버지의 옛날이 거짓이 아니라고 느꼈다. 〈누구를 위하여 종은 울리나〉를 함께 보던 시절에는 어머니와의 사이가 지금처럼 꼬여 있지 않았다. 하지만 당시에도 그는 자기 기분에 따라 아들이 먼저 요구한 적 없는 무언가를 해주겠다는 약속을 수시로 했고, 그 약속이 깨져 내가 속상해하면 그런 작은 약속도 지키지 못할 만큼 여유 없는 자신의 처지를 한탄했다. 대개는 자기가 언제 그런 약속을 했냐며 웃어넘겼다. 내가 그랬니? 이 말투는 어머니의 습관이었다. 왜 자꾸 거짓말을 하냐며 어린 내가 따진 적도 있다. 어머니는 화를 냈다. 어째서 그게 거짓말이야? 어? 해주고 싶어도 못 해준 건데? 물론 그가 나를 위했던 일은 수없이 많다. 어머니는 어느 날 문득 나에게 좋은 점심을 사주겠다며 꽤 귀한 손목시계를 전당포에 맡기기도 했다. 하지만 만일 그 시계를 일주일 후에 팔자고 그가 약속한다면 일이 이루어질 확률은 턱없이 줄어들게 된다.

잉그리드 버그만이 되는 상상은 실제로 상당한 위로가 됐다. 소위 소싯적 좀 날렸던 어머니에 비해 내 외모는 무척 볼품없었고, 어머니도 내가 아버지를 닮았다는 걸 자주 드러내며 안타까워했다. 특히 코와 눈이 닮았다는 말을 많이 들었는데 향후 아버지를 처음 만나 알게 된 건 그나마 그가 나보다는 더 잘났다는 사실이었다. 뭐랄까, 항시 어머니에게 듣던 대로 '사람 새끼 같지 않은 놈' 느낌은 아니어서 더 괜찮아 보였을 수도 있다. 아버지와의 첫 만남에서 가장 최악이었던 부분은 어머니가 멀뚱히 서 있던 내 등을 갑자기 떠밀었다는 것이다. 네 친아버진데 왜 그래, 빨리 가봐! 감정적인 부자 상봉 비슷한 걸 기대하기엔 어머니가 내 앞에서 아버지를 죽도록 헐뜯은 시간이 너무 길었던 건 아닌지? 떠밀려갔던 나는 짧은 인사를 마치고 다시 떠밀리듯 어머니 옆으로 돌아왔다. 놀랄 만큼 아무런 감정도 없었다. 아버지의 표정도 나처럼 생각 없고, 피곤해 보였다.

정확히 기억한다. 아버지를 처음 만난 그날은 〈누구를 위하여 종은 울리나〉를 보고 얼마 지나지 않은 늦가을이었다. 아버지로부터 어머니는 약간의 생활비를, 나는 몇 푼 용돈을 받아 집으로 돌아왔었다. 할아버지도 방금 만남에 관해 알고 있었는지 어머니가 현관에 들어서자 당신 방에 모로 누운 채로 얼른 말을 붙였다. 무엇을 물었는지는 듣지 못했거나 기억이 나지 않는다. 그렇지만 어머니가 낮고 빠르게 속삭인 말은 생각난다. 자기 아버지인데, 피가 서로 당기지 않겠어요? 어머니는 할아버지를 향해 말하면서 동시에 나에게 말하고 있었다. 그때였다. 어머니가 나를 의식해 잠시 내 쪽으로 눈을 흘기던 그 순간, 가족 친지 모두가 칭송하는 어머니가 최소한 나에겐 전혀 아름답지 않다는 사실을 문득 깨달았다. 내 생각에 어머니는… 남자 같은 인상—매우 부적절한 표현이지만—이었다. 아름다운 건 며칠 전 봤던 잉그리드 버그만이다. 나는 꼭 그처럼 아름다운 모습이 되고 싶었다.

아마도 나는 착한 아이였다. 안 그래도 순한데 겁이 많아서 더 순했다. 작은삼촌 둘이 모여, 우리 누나가 전직 대통령 아들과도 혼담이 오갔다느니, 매일 집 앞으로 찾아와 누나 못 만나면 차라리 죽겠다는 치가

한둘이 아니었다느니, 입에 침이 마르게 이야기할 때마다, 또 그걸 들으며 이제 그만 좀 하라는 듯한 표정으로 좋아할 거 다 좋아하는 어머니를 지켜볼 때마다, 나 같은 해태 눈깔은 말고, 진짜 아름다운 이를 알아보는 눈은 따로 있나 보네 생각했다. 〈누구를 위하여 종은 울리나〉를 본 다음에는 그렇지 않았다. 내가 아는 멋진 사람은 번동에 안 산다. 얼굴과 코끝이 동그랗고 눈썹이 엄청나게 짙은 편이다. 그리고 거짓말도 하지 않고 빗자루는 매질 아닌 청소에만 사용한다. 교회는 안 다니지만 타인을 타인으로서 사랑하고 존중한다. 사슴의 피도 개고기도 싫어하고. 쓰러진 사람한테 똥구멍으로 숨 쉰다는 말은 절대 안 할 사람이다. 그리고, 그리고 언제나 조용히 말한다.

　　우울하고 부정적인 생각으로 가득했던 유년 가운데 할아버지의 방은 특별했다. 심지어 그곳은, 집에 속해 있으면서도 집과는 달리, 내가 거의 유일하게 행복을 느끼는 공간이었다. 할아버지가 등산 가고 방이 비는 날이면 더 그랬다. 홀로 방을 차지한 채, 엄청나게 두꺼운 요 위에 누워 발을 까딱까딱 흔들며 TV 채널을 이리저리 돌려보는 기분이 일품이었다. 방 안쪽에서 문지방 너머의 할머니를 바라보는 일도 좋았다. 심지어 그 방에 함께 모여 영화를 보는 동안만은 할아버지와 어머니에게 깊은 애정마저 느꼈던 것 같다. 영화에 빠져 있을 때 가족은 나를 보지 않았다. 나를 쳐다보지 않는 그들의 옆모습이 나에게 엄청난 안도감을 주곤 했다. 여기에 굳이 심리적 해명을 더하고 싶진 않다. 다만 어머니와 할아버지가 영화에서 눈 떼지 못하는 순간에 이르러야 비로소 나 또한 현실에서 잠시 벗어날 수 있었다는 사실만은 분명하다. 가족의 시선과 관심이 좀처럼 닿지 않았던, 그 어두컴컴한 방구석은 간헐적으로나마 내가 독차지한 공간이었다. 그런 선물 같은 어둠 속에서, 잉그리드 버그만은 화면에서 걸어 나와 내 머릿속을 거쳐 서초동에 정착하게 된다.

김상혁

2009년 《세계의문학》 신인상을 수상하며 등단했다. 시집 『이 집에서 슬픔은 안 된다』, 『다만 이야기가 남았네』, 『슬픔 비슷한 것은 눈물이 되지 않는 시간』, 산문집 『만화는 사랑하고 만화는 정의롭고』가 있다. 10년 전 어느 술자리에서 좋은 영화란 지루한 영화라고 말했던 선배 시인이 떠오른다. 나도 똑같은 생각이다.

누구를 위하여 종은 울리나

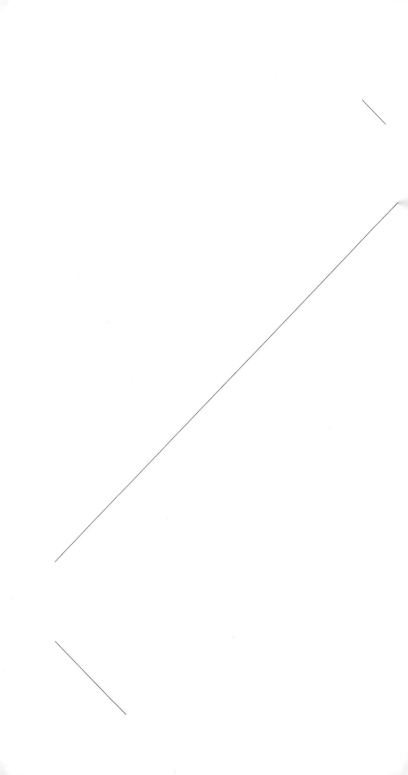

가족 시네마

유재영

늑대와 춤을
Dances with Wolves

감독 케빈 코스트너
제작연도 1990년

○

2018년 여름, 본가를 찾았을 때 아버지는 취미를 하나 잃은 참이었다. 비디오플레이어 수리를 위해 며칠 전 LG 대리점을 다녀왔는데 수리비가 턱없이 비싸 그냥 돌아와야 했다는 것이다.

"얼마래요?" 텔레비전 옆에 열 맞춰 서 있는 공 테이프를 보며 내가 물었다. 흰색 라벨 위에는 여러 번 썼다 지운 연필 자국이 희미하게 남아 있었다.

"삼십 얼마라고 하더라." 아버지가 비디오플레이어를 바라보며 답했다.

당시 DVD플레이어가 10만 원 내외였고 블루레

이플레이어도 30만 원이 넘지 않았으니 터무니없는 가격이긴 했다. 아버지는 수리해도 머지않아 또 고장 날 가능성이 높다며 포기하라는 AS기사 말이 못내 서운한 모양이었다.

"DVD로 보세요. 그게 화질이 더 좋습니다." AS기사는 전시된 DVD플레이어를 손짓으로 가리키며 말했다고 한다.

"아니, 그건 녹화가 안 되잖아요." 대리점을 나서기 전 아버지가 조용히 항변했다고 어머니가 일렀다.

오랜 기간 아버지의 취미는 공중파에서 방영하는 드라마를 녹화해 틈틈이 나눠 보는 거였다. 25년간 즐겨온 취미생활을 자의가 아닌 타의로 하루아침에 중단해야 하는 처지였던 셈이니 그 마음이야 오죽할까 싶었다. 나는 IPTV와 넷플릭스를 권하면서 여기에 그 옛날 〈007〉도 있고 〈로빈 후드〉도 있고 〈늑대와 춤을〉 도 있다고 말했지만 아버지는 내키지 않아 했다.

"인터넷 설치해야지, 뭘 또 깔아야지. 그게 다 돈이잖니." 아버지는 쓴웃음을 지으며 계속 말했다. "나는 그 뭐냐, '4차원' 산업혁명이 싫더라."

"그건 저도 싫어요. 이세돌을 이겼던 그 AI가 이제는 소설도 쓴대요."

"어쩌냐, 아빠가 택시 물려줄 테니까 운전해."

"저 4년째 초보운전 붙이고 다니는 거 아시잖아요."

"어차피 자동주행 나올 거 아니냐."

"그럼 택시기사도 필요 없을 텐데요?"

"아니, 사람은 있어야지!"

그러니까 아버지는 비디오플레이어에 공테이프를 넣고 직접 녹화 버튼을 누른 뒤에 테이프를 되감아 녹화된 화면을 보는 '사람의 일'을 좋아했던 것 같다. 그러고 보면 아버지의 비디오 사랑은 유별나기도 했다. 직업(앞서 대화에서 드러난 바와 같이 아버지는 오랫동안 택시를 운전했다)의 특성상 혼밥을 즐겼던 그는 집에서 밥을 먹을 땐 꼭 비디오를 틀었다. 대개는 지난밤 연속극 녹화본이었고 간혹 가족 중 누군가 빌려 온 영화도 있었다.

○

비디오플레이어가 우리집에 온 건 1992년 여름이었다. 일요일 낮에 외출하고 돌아온 아버지의 손에는 골드스타 마크가 선명한 은색 비디오플레이어가 들려 있었다. 팔뚝에는 희고 노랗고 빨간 AV 케이블이 앞뒤로 흔들렸다.

"이걸 텔레비전이랑 연결하라고 하더라."

형이 AV 케이블을 건네받았다. 아버지는 텔레비전과 전화기 사이에 비디오플레이어를 올려두고 돌아서서 어머니를 바라봤다.

"여기가 좋겠지?" 아버지가 말했다.

"저기 위에 뭘 좀 올려놔야겠네. 먼지 앉겠어." 고개를 끄덕이며 어머니가 말했다.

"여기 보이시죠? 여기로 열이 빠져야 해요. 아무거나 올려두면 안 될걸요?" 형이 케이블과 전원을 연결하다 말고 고개를 들고 말했다.

"얘는, 이거 원단이라 괜찮아. 이모가 엄마랑 만들어볼 테니까, 가만있어 봐." 맞은편에서 한복 원단에 들어간 자수를 확인하던 이모가 말했다. (그 무렵 집에 있는 모든 기기와 가구 위에는 자수가 들어간 천이 올라가 있었다. 심지어 냉장고 위에도 있었는데, 그게 다 사수와 부사수로 한 조를 이룬 천호동 한복 자수팀 이모와 엄마의 솜씨였다.)

"재영아, 저게 뭐 하는 거냐?"

손등으로 실밥을 쓸어 모으던 한복팀의 막내, 외

할머니가 고개를 쭉 빼고 물었다.

"비디오요. 저걸로 영화 보는 거예요." 내가 명쾌하게 설명했다.

우리 가족은 비디오플레이어를 둘러싸고 앉아 저마다의 방식으로 환대했고, 곧이어 '다 같이 볼만한 영화'를 빌려오라는 임무를 받은 형과 나는 세탁소 옆에 있던 비디오 대여점을 찾았다.

비디오 대여점의 첫인상은 좀 어둡고 습했다. 그 느낌은 연소자 관람가에서 중학생 이상 관람가와 고등학생 이상 관람가가 뒤섞인 구역을 지나고 미성년자 관람불가에 다다르면서 최고조에 이르렀다가 황급히 연소자 관람가 코너로 돌아와 마음의 안정을 되찾았다. 〈빅〉과 〈구니스〉, 〈죽은 시인의 사회〉 같은 영화의 비디오 케이스를 꺼내 요리조리 살피고, 딸깍 케이스를 열면 특별할 것 없는 테이프만 덩그러니 담겨 있었다. 그 모습도 어쩐지 기이했다. 뭐랄까, 비디오 케이스에서 본 인물이 어둡고 좁은 곳에 감금된 느낌이랄까. 어쨌든 비디오 케이스에는 꽤 많은 정보가 담겨 있다는 걸 알았다. 제목과 영화 속 장면, 주요 등장인물, 영화의 줄거리를 보고 읽었다. 세계 곳곳의 진기한 보물과 비밀을 호주머니에 담는 기분이었다. 이해하기 힘든 내용도 있었지만 그건 그것대로 진귀했다. 출입문 근처에서 들리던 소음이 반납된 비디오테이프를 되감는 소리라는 건 나중에 알았다. 연소자 관람가와 미성년자 관람불가 영화가 뒤섞인 곳이라 고개를 함부로 돌리는 것조차 제한적이었으니까. 출입구 오른편에서만 맴도는 나와는 달리 반대편 고등학생 이상 관람가 구역까지 진출한 형을 보며 생각했다. 어른이 되고 싶다고. 그곳에서 나는 중학생이 되고, 고등학생이 되고 스무 살이 될 중대한 이유를 품었다.

비디오 대여점에 들어선 지 한 시간에 다다르자 조급한 마음이 들었으나 테이프를 감별하는 손놀림을 멈출 순 없었다. 이렇게 늦은 이상 모두가 원하는 영화를 고르고야 말겠다는 각오가 생겼던 것이다. 내가 아니라 형의 눈빛에서 그런 다짐이 읽혔다. 형을 바라보면 간혹 장남의 무게 같은 걸 느끼곤 했는데 그날도 그랬다. '다 같이 볼만한 영화'를 형이라고 꿰고 있을 리가 없으니까 말이다. 이런저런 생각으로 가득 찰 때쯤 형이 나를 불렀다. 내가 보는 앞에서 후보군을 물리기 시작했고("이건 네가 보기엔 너무 야해." 〈사랑과 영혼〉, "엄마는 폭력을 싫어하지." 〈터미네이터 2〉, "이게 뭐야? 네가 고른 거야?" 〈인어공주〉) 최종적으

무제입

로 〈늑대와 춤을〉을 선발했다. 〈늑대와 춤을〉은 상, 하로 나누어진 구성이었는데, 검정 비디오 케이스에서 느껴지는 진중함과 아카데미 수상작임을 알리는 장중한 문구가 인상적이었다.

"이런 거 좋아하실까?" 나는 평원 위에 말을 탄 남자를 바라보며 형에게 물었다.

"엄청 좋아하실걸. 서부극이잖아."

형은 테이프 하나를 더 손에 쥐었다.

"로빈 후드?"

"우리나라로 치면 홍길동 같은 사람이야."

"아까 그 사람 같은데?"

"맞아. 케빈 코스트너. 이 사람이 이 영화를 만들었대. 출연도 하고."

어떻게 말도 타고 촬영도 하고 총도 쏘고 그 많은 걸 다 한다는 건지 좀체 납득이 안 됐지만 나는 고개를 끄덕였다.

형이 카운터에서 값을 치르고 회원증을 만들고 주의사항을 전해 듣는 동안 나는 〈늑대와 춤을〉보단 의적 로빈 후드의 활약상을 기대하며 발을 굴렸다.

○

"아이고, 너희 영화를 찍어왔니?" 어머니가 문을 열며 말했다.

"아니요. 영화는 이 사람이 찍었대요." 나는 비디오테이프를 가리키며 답했다.

점심을 먹고 곧장 상영이 시작됐다. 이모는 재봉질을 멈추고 커튼을 쳤고, 아빠는 아이스크림과 소주를 사 왔다. 관객은 우리 가족 여섯이 전부였다. 처음으로 재생된 비디오는 〈로빈 후드〉였는데, 관객 반응이 워낙 좋았던 터라 순서대로 화장실을 다녀온 뒤 곧장 〈늑대와 춤을〉을 봤다. (말하자면 동시 상영이었다.) 나는 3시간에 달하는 러닝타임 동안 궁둥이를 붙이고 앉아 있을 만큼 집중력이 뛰어난 아이는 아니었기에 한동안 문지방을 넘나들며 방만하게 영화를 봤다.

보아하니 영화의 전반부는 이랬다. 남북전쟁이 한창이던 1863년, 북군 중위 존 던바(케빈 코스트너)는 의도치 않게 남군과의 대치 국면을 끝내는 활약을 펼치며 영웅이 된다. 이후 서부 국경 지대 세즈윅 요새로 자원한 뒤 포상으로 받은 말과 함께 홀로 요새를 지킨다. 주변을 맴도는 늑대 '하얀 발'과 거리를 좁히며 평화로운 일상을 보내던 어느 날 그곳 원주민 부족인 '수우족'을 마주하며 커다란 변화를 맞이한다. 부족의 한 사람을 구하고 버펄로 사냥을 함께하며 다른 부족과의 전투를 도우면서 수우족과 가까워진 존 던바는 '늑대와 춤을'이라는 이름을 얻는다.

산만하던 열두 살 아이가 바닥에 엉덩이를 붙이게 된 건 존 던바가 새 이름을 갖게 되면서부터였다. 오래 비웠던 요새에 방문한 존 던바, 아니 '늑대와 춤을'이 백인 병사들에 의해 압송되어 끌려가는 장면과 그를 구하기 위해 출격한 동료들이 벌이는 추격전, '머리에 이는 바람'이 그의 앞날을 응원하는 결말에 이르기까지 눈을 뗄 수 없었다. 저 먼 곳의 이야기는 황야를 가르는 버펄로 떼처럼, 거센 바람처럼 다가와 천호동 연립주택 2층 안방에 머무르다 사라졌다. 형이 비디오플레이어 앞으로 가서 되감기 버튼을 누르자 맹렬한 소리를 내던 기계는 잠시 뒤 테이프를 토해냈고 문을 열고 머리를 내민 테이프에선 뜨거운 기운이 느껴졌다. 그 모든 광경을 지켜본 뒤에 생소한 장면을 하나 더 목격했다. 아버지의 눈물이었다.

"이야, 로빈 후드가 연기를 참 잘하네." 그 말을 남기고 자리를 피한 까닭에 "아빠, 울었어?" 하고 묻진 못했다. 다른 일로는 툭하면 눈물을 흘리던 나는 영화를 보고 운 아버지를 이해할 수 없었다. 아버지는 무슨 말만 하면 운다고 "저거 저거 얻다 쓰냐"고 날 놀리곤 했다. 현장을 잡지 못한 게 아쉬웠다. 아버지는 왜 울었던 걸까. 매일 낯선 사람을 태우고 내려주는 일과 그들에게 말을 건네고 듣는 일이 존 던바와 수우족 사이의 대화와 닮아 보였던 건 아니었을까. 홀로 차를 끌고 아스팔트 도로를 내달리는 아버지를 마치 서부극의 주인공처럼 비약해서 상상하던 시절이 있었는데, 아버지도 영화 속 서부 어디쯤에서 자신의 모습을 봤을지도 모를 일이다.

아버지는 수우족을 만난 존 던바만큼이나 말하는 걸 좋아했다. 그가 있는 자리는 어디든 티가 났다. 심지어 외할머니의 장례식에서조차 그의 목소리가 가장 크고 자주 들렸다. 젊은 시절 아버지는 자정 무렵 퇴근할 때가 많았는데, 나는 아버지의 늦은 저녁 식사 자리에 끼어 야식을 즐기곤 했다. 그때마다 빠지지 않았던 건 이야기였다. 그날 하루 운전을 하며 만난 사람들의 이야기. 아버지는 그토록 말하기 좋아하는 사람이었는데, 희한하게도 운전석에 앉으면 뒤나 옆 좌석에서 들려오는 말을 잘 거들고 수집하는 능력이 있었다. 뭐, 얼마간은 과장과 뻥이 섞여 있었겠지만 말이다.

지난겨울 아버지는 35년간 해온 택시 운전을 그만둬야 할 위기를 맞았다. 보행 중 교통사고를 당했다. 뇌출혈이 있었고 쇄골과 손목에 복합골절을 입은 꽤 큰 사고였다. 며칠을 응급실과 중환자실에서 보낸 아버지가 일반 병실로 옮기고 나서야 정확한 사고 경위를 파악했고 민형사상 절차를 진행할 수 있었다. "너네가 좀 보고 오라"는 어머니의 부탁에 따라 형과 나는 경찰서로 가 담당 경찰을 만났다. 그는 사고 경위를 설명하고 종이 케이스에 담긴 DVD 한 장을 꺼내 들었다.

"요즘 텔레비전에서도 블랙박스 영상이 자주 나오긴 하지만 내 가족이 당한 영상은 좀 다를 겁니다. 보시기 힘들면 중간에 말해주세요."

DVD 안에는 사고 당시 인근 CCTV 화면과 가해 차량의 블랙박스 영상이 있었다. 그 옛날 비디오 대여점에서처럼 나는 형보다 한 걸음 물러서 화면을 봤고 여러 번 탄성을 뱉었다. 그 소리를 듣고 아버지가 마주 오는 차량을 피할 수 있을지도 모른다는 듯이 말이다.

○

사고 후 반년이 지났다. 지난달 병원을 찾았을 때 아버지는 취미를 하나 얻은 참이었다. 아버지는 이제 유튜브를 즐겨본다고 했다. 사고가 나기 다섯 달 전에 남들보다 빠르게 콜을 잡기 위해 스마트폰을 바꿨는데, 그때 가입한 무제한 요금제가 아깝다며 '뽕을 뽑아야 한다'고 했다. 바둑과 당구 채널을 구독하고 줄기차게 틀어놓는다며 어머니가 일렀다.

"아버지, 〈늑대와 춤을〉 기억나요?" 병문안을 온 다른 분들이 사 온 오렌지 주스를 홀짝이며 내가 물었다.

"그 로빈 후드 나오는 거 말이니?"

"맞아요. 비디오 사 온 날, 처음 봤잖아요."

아버지는 고개를 끄덕였다.

"그때 우셨죠?"

"누가? 내가?"

"네. 영화 다 끝나고, 우셨잖아요."

"그게 왜? 울면 안 되냐? 요즘 네 엄마 앞에서 매일 우는데." 아버지는 미소를 지으며 말했다.

"안 되긴요. 울면 좋죠." 나는 어머니를 보며 이

어서 말했다. "엄마가 고생이지."

"마지막에 그 사람들이 다 죽잖아." 아버지는 뒤늦게 생각났다는 듯 말했다. "그 인디언들 말이야."

"네? 다들 제 갈 길 가고 끝나잖아요."

"아냐. 그럴 줄 알았는데, 그게 자막으로 다 나오더라."

'늑대와 춤을'과 '주먹 쥐고 일어서'가 황혼 속에 사라지는 장면으로 이 에세이를 끝맺으려 했던 나는 확인을 위해 다시 〈늑대와 춤을〉을 봐야 했고, 영화의 끝에는 정말 이런 자막이 나왔다. '13년 후, 그들의 집은 파괴되고, 버펄로는 사라졌으며 마지막 남은 수우족은 항복했다. 평원의 기마민족 문화는 사라지고, 서부 개척지 또한 역사 속으로 조용히 사라졌다'고.

유재영

2013년 민음사 《세계의문학》에 단편소설로 등단. 소설집으로 『하바롭스크의 밤』, 『우리가 주울 수 있는 모든 것』, 에세이집 『한 줄도 좋다, SF영화 — 이 우주를 좋아하게 될 거예요』가 있다.

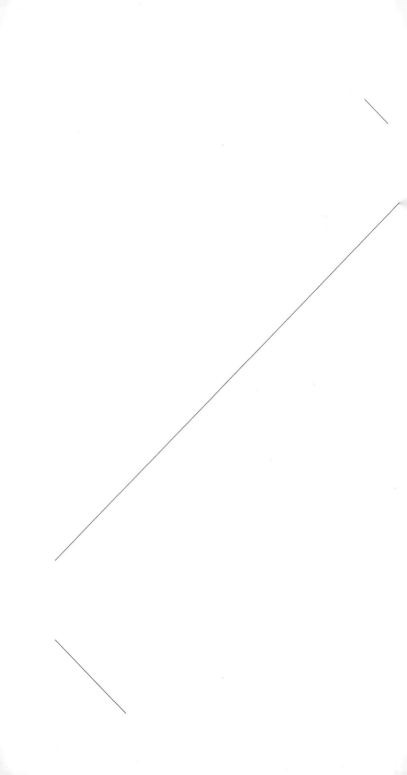

참 얄궂은 프랑스 양파 수프

이명석

라 붐
La Boum

감독   클로드 피노토
제작연도   1980년

라 붐 2
La Boum 2

감독   클로드 피노토
제작연도   1982년

○

할리우드에서 신작이 나오면 전 세계에서 동시개봉
하고, 심지어 한국에서 가장 먼저 만날 수 있는 시대
다. 내가 어릴 때는 그렇지 않았다. 스티븐 스필버그
가 〈E. T.〉를 내놓자 외계인 인형, 가방, 책받침, 장난
감이 학교 앞 문방구를 뒤덮었다. 하지만 정작 영화
는 외화 수입가 상한선 때문에 2년이 지난 후에야 들
어왔다. 서울과 지방의 격차 역시 만만치 않았다. 경
북의 소읍에 살던 나는 방학 때 서울 친척집을 다녀온
아이들을 통해 알게 되었다. 서울의 TV엔 TBC라는 채
널이 있고 〈캡틴 하록〉과 〈사이보그 009〉가 나온다는

거다. 나중에 서울에서 자란 또래들과 이야기하다 보면, 내가 3~4년은 늦은 시간을 살았던 것처럼 느끼기도 했다.

내가 살던 읍엔 극장이 하나 있었다. 항상 영화를 틀지는 않았고, 정치 집회나 약장수 공연 같은 걸 하면서 간간이 철 지난 필름을 걸었던 듯하다. 옛날 신문을 뒤적이니 지구당 대회에 깡패들이 들이닥쳐 수십 명이 다치는 난투극이 벌어지기도 했단다. 어쨌든 방학식을 하는 날엔 만화영화를 틀었다. 부모님께 성적표를 보여주며 덜덜 떨던 아이들이 마침내 허락을 받으면 미친 듯이 극장으로 달려갔다. 나도 거기에서 〈로보트 태권브이〉나 〈똘이장군〉을 보긴 했을 텐데, 솔직히 기억나는 장면은 없다. 나이도 어리고 힘도 없어 뒷자리에서 형들의 머리통을 쳐다보다가, '라라라라 로보트야-' 노래가 나오면 목청이 터져라 합창하던 것만 떠오른다. 그때의 희열은 지금도 등골을 짜릿하게 하지만, 그게 나의 첫 영화라고 하고 싶진 않다.

바로 그 극장에 처음으로 '실사 극영화'를 보러갔던 것도 기억난다. 누나가 나를 데리고 갔는데 10분도 못 보고 나왔다. 임예진 같은 여학생이 불치병에 걸리는 멜로 영화였는데, 내가 눈물 콧물 흘리며 대성통곡을 했던 거다. 누나가 참다못해 복도로 데리고 나가선 말했다. "내가 다시는 극장 데리고 오나 봐라." 그 말은 내 마음에 못을 땅 박았다. 그러니 그것 역시 나의 첫 영화라고 할 수 없다.

○

그 시절 내가 본 영화들을 더듬어 가다가 내 기억의 상당 부분이 조작당했다는 사실을 깨달았다. 그러니까 내가 장면 하나하나 선명히 기억하는 영화인데, 당시엔 극장은커녕 TV에서도 방영하지 않았다는 거다. 주범은 라디오, 종범은 잡지와 TV다. 당시 라디오엔 'FM 영화음악실' 같은 프로그램이 많았다. 〈스크린〉 〈로드쇼〉의 일어판 같은 외국 영화 잡지들도 많이 돌아다녔다. 그러니까 디제이가 그럴듯하게 소개하는 스토리를 잡지의 스틸 사진, TV의 예고편 영상에 버무려 머릿속에 자신만의 영화 세계를 창조해냈던 것이다. 〈라 붐〉도 그랬다. 2013년 〈라 붐〉을 극장에서 개봉한다고 했을 때였다. 나는 그게 '재개봉'이 아니라는 데 깜짝 놀랐다. 분명히 중학생 때 봤는데? 찾아보니 프랑스에선 1980년에 개봉했고, 한국에선 1988년에 비디오로 먼저 나오고, 1989년에 KBS에서 더빙으로 방영했단다. 아니 그러면 그 유명한 헤드폰 장면을 사람들은 어떻게 알고 있는 거지? 어째서 〈써니〉를 비롯해 수많은 영화, 드라마, 예능에서 그걸 패러디하고 있는 거냐고? 다행히 고3 때 〈라 붐 2〉를 극장에서 본 건 분명히 기억난다.

　나는 학교를 한 해 일찍 들어갔고 생일도 11월이다. 당연히 학급의 앞자리에 앉아 그 주변의 순한 아이들과 친했다. 그러다 고1 때 갑자기 키가 커버렸다. 2학년부터는 제일 뒤 청소 용구함 근처에 앉아 공부와는 거리가 먼 아이들과 어울렸다. 우리는 일본 댄스곡 '긴기라긴니'를 따라 부르고, 들국화 지방 공연에서 기타 피크를 선물 받았다는 자랑을 듣고, 다루는 악기도 없으면서 '찰리 채플린처럼' 작곡을 하겠다는 헛소리를 나눴다. 〈더티 댄싱〉의 춤 장면을 따라했던 것도 기억난다. 패트릭 스웨이지의 손이 제니퍼 그레이의 겨드랑이로 오자 간지러워 하는 장면까지 따라했다. 그러던 어느 날 두 친구와 야간 자율학습 시간에 학교를 빠져나와 대구 동성로에 영화를 보러갔다. 성룡과 실비아 크리스텔 사이를 지나 〈스카페이스〉를 잠시 고민한 뒤 〈라 붐 2〉를 택했다. 극장을 나오니 비가 왔고 머릿속엔 주제가가 계속 맴돌았다. 괜히 '센티해진' 나는 비를 맞으며 학교로 돌아갔고, 두 친구는 영문도 모르고 뒤를 따랐다. 〈더티 댄싱〉의 춤을 따라 하는 남고생들과 〈라 붐〉을 본 뒤 비를 맞고 걸어가는 남고생들 중에 어느 쪽이 더 징그러운지는 모르겠다만, 아무튼 그런 일이 있었다. 이처럼 본 순서는 뒤죽박죽이 되었지만, 〈라 붐〉과 〈라 붐 2〉는 마치 하나의 영화처럼 내 기억 속에 재조합되었고, 인생에서 처음으로 '내 영화'라는 인식을 가진 작품이 되었다.

○

〈라 붐〉은 양파 같은 영화다. 거기엔 야들야들 달콤한 알맹이가 있다. 소녀의 귀에 소년이 헤드폰을 씌워주고, '드림즈 마이 리얼리티~' 노래 속으로 들어가 춤추는 장면 말이다. 딱 그것만 기억하는 사람도 적지 않을 것이다. 그 바깥의 겹은 전형적인 '첫사랑 성장 로맨스'다. 파리로 이사 온 열네 살 소녀 빅은 부모를 졸라 또래들끼리의 댄스파티인 '라 붐'에 간다. 조무래기 애들이 콜라를 마시며 까불대는 파티가 따분하기만 한데, 그런 빅의 마음을 눈치챈 소년 마티유가 나타나고 빅은 사랑에 눈 뜬다. 그런데 정작 나를 매료시킨 것은, 더욱 바깥의 겹, 껍질 가까운 곳의 알싸한 부분들이었다. 당시의 나로서는 영화 속 프랑스 사람들의 삶이 부도덕 그 자체였다. 겨우 중학생 조무래기들이 처음 본 상대와 키스하고 하룻밤을 같이 보낼 작전을 짠다. 아버지는 바람을 피우다가 들키고, 엄마는 화가 나서 딸의 담임과 썸을 탄다. 딸의 생일 파티에 엄마는 애인과 여행을 떠나려 하고, 아빠는 그런 엄마를 공항에 바래다준다. 빅의 친구 동생인 초등학생이 빅의 아빠를 사모하기까지 한다. 우리 할머니라면 이렇게 말씀하셨을 거다. "아주 집안 꼬라지, 동네 꼬라지, 자알 돌아간다." 그런데 이 얄궂은 세계에서 가장 너그러운 존재는, 빅의 비밀스러운 연애를 상담해 주는 증조할머니다. 뭐, 다 좋다. 이런저런 소동을 겪었으면 행복하게 결말을 맺어야 하잖아. 그런데 마지막에 마티유의 품에 안긴 빅은 새로운 소년을 바라보며 또 다른 사랑을 예감한다. 내 머릿속에선 그 모든 겹들이 마구 뒤섞여 녹았고, 결국 프랑스 양파 수프 같은 게 되었다.

그 시절의 우리는 유럽을 동경했다. 잘 몰라서 더 그랬다. 미국은 가볍고 돈만 밝히는 졸부들의 땅이지만, 유럽은 오랜 역사를 지닌 예술가들의 세계라는 환상을 가졌다. 그중에서도 독일파와 프랑스파가 팽팽하게 맞섰다. 독일파는 칸트의 철학, 괴테의 문학, 베토벤의 교향곡, 헤르만 헤세의 성장 소설, 웅장하고 음침한 성, 장미 덩굴 가득한 기숙사를 좋아하고 진지하고 고독한 사색에 빠진다. 프랑스파는 루소의 자연주의, 고흐의 그림, 누벨바그 영화, 68혁명, 베르사유의 궁전과 파리의 지붕 밑, 낭만적인 샹송과 와인과 연애를 동경한다. 그때의 나는 성향적으로 독일파였고 철학과를 가기도 했다. 그러나 한편으로는 프랑스에 대한 동경도 적지 않았고, 교양 과목으로 불어를 들었다. 그리고 대학생이 되어 비디오로 다시 본 〈라 붐〉 두 편은, 나를 독일에서 프랑스로 실어 보내는 기차가 되었다. 영화 속의 갖가지 에피소드들은, 언젠가 유럽여행을 가면 꼭 해야 할 리스트로 변했다.

유레일패스를 구입하면서 〈비포 선라이즈〉의 로맨틱한 기차 속 만남을 꿈꾸는 사람이 많겠지만, 그 이전에 〈라 붐〉이 있었다. 빅은 학교에서 독어를 배우는데, 2편에서 독일에 공부하러 갔다 돌아오는 기차에서 필립과 여권이 바뀐다. 그리고 마지막엔 필립이 슈투트가르트로 떠나는 기차에서 뛰어내려 빅을 껴

안고 슬로비디오로 빙글빙글 돌며 키스를 나눈다. 뭐, 첫 유럽여행에 그런 연애까진 바라지 않았다. 하지만 숙소는 나선 계단을 통해 올라가는 오래된 호텔이어야 했고, 카페오레와 크루아상이 있는 카페테리아에서 식사를 해야 했고, 밤엔 욕조에서 거품 목욕하며 책을 읽어야 했다. 만화가인 빅의 어머니를 생각하며 앙굴렘 만화 페스티벌에 가고도 싶었고, 아직 파리에 롤러스케이트장이 있는지 확인해 보기도 했다. 용기가 있다면 할머니를 따라간 빅처럼, 롤링스톤즈 티셔츠를 입고 궁정 분위기의 실내악 연주를 들어야 했겠지만 그건 참기로 했다.

○

10대에 처음 〈라 붐〉을 보았을 때, 20대에 유럽을 여행하며 〈라 붐〉을 다시 보았을 때, 그 영화는 사뭇 달라졌다. 그리고 30대 후반에 다시 〈라 붐〉을 만났을 때, 나는 특별한 부분에 집중하며 같은 장면을 몇 번씩 반복해서 보게 되었다. 그때 나는 스윙댄스에 깊이 빠져 있었는데, 디제이를 하면서 춤추기 좋은 여러 음악을 찾기도 하고, 매력적인 파티의 콘셉트를 궁리하기도 했다. 그러다 〈라 붐〉의 유명한 파티 장면을 다시 보게 되었고 어떤 음악에 귀가 쫑긋했다. 그 유명한 주제곡 '리얼리티(Reality)'가 아니라, 그 직전에 아이들을 미친 듯이 춤추게 하는 댄스곡이었다. 영화 잡지엔 '아이들이 미국식 음악에 맞춰 디스코를 춘다'고 해석했지만, 로큰롤과 스윙재즈의 중간 정도 되는 '스윙잉 어라운드(Swingin' Around)'라는 곡이었다. 그러다 음악 리스트를 들여다봤는데, 어째서인지 프랑스 영화에 줄줄이 영어 노래가 나왔다.

음악을 담당한 블라디미르 코스마(Vladimir Cosma)는 루마니아 출신의 프랑스 영화음악 작곡자로 라 붐 시리즈 외에도 〈유 콜 잇 러브〉〈은행털이와 아빠와 나〉 등 다양한 스타일의 영화 음악을 담당했다. 그런데 〈라 붐〉 1편의 주제가 '리얼리티'와 '고 온 포에버(Go On Forever)'는 영국 가수 리처드 샌더슨 (Richard Sanderson)에게 맡겼고, 2편의 주제가 '유 어 아이즈(Your Eyes)'는 영국 밴드 쿡 다 북스(Cook da Books)에게 노래를 시켰다. 밴드가 직접 출연해 주인공들이 그들의 공연에 찾아가기도 한다. 대학생 때 나는 프랑스 사람들이 자부심이 강해 영어로 말을 걸면 무시하고 미국 문화를 천시한다고 들었다. 그런데 〈라 붐〉에서는 콜라, 영어 노래, 미국 흑인들의 길거리 댄스 배틀을 탐닉하고 있다. 학생들은 방에 머펫(세서미 스트리트) 포스터를 붙여 놓고, 일주일에 열 편의 미국 영화를 본다고 자랑한다. 이 영화의 음악은 프랑스 사람들에게 '미국 문화에 물든 당돌한 어린 것들'의 세계를 표현하는 수단이었다.

어쨌든 그 음악들은 지금 들어도 향수를 자아내는 애틋함이 있다. 나는 댄스파티에서 가끔 〈라 붐〉의 수록곡들을 틀어주는데, 1980년 이후에 태어난 친구들도 그 음악에 반응하며 〈라 붐〉의 로망을 자신의 것처럼 기억하는 걸 본다. 아마도 비디오로 〈라 붐〉이 유통될 때 그에 매료된 세대들이 있는 것 같다. 내가 추천하는 곡으로는 앞의 여러 곡 이외에 2편의 '메이비 유어 롱(Maybe You're Wrong)'이 있다. '리얼리티'를 루이 오스텐(Louie Austen)이라는 오스트리아의 늙은 재즈 가수가 카리브해 스타일로 부르는 '드림즈 아 마이 리얼리티(Dreams Are My Reality)(Señor Coconut feat.)'도 권한다. 빛바랜 사진 같은 옛 시절의 여행 분위기를 느낄 수 있다.

○

프랑스에서 〈라 붐〉은 1980년 12월, 2편은 1982년에 개봉했다. 1편은 당시 프랑스에서 35주 동안 상영되며 430만 명, 유럽을 통틀어 1500만 명의 관객을 동원한 엄청난 히트작이었다. 빅에게 1만 통 이상의 편지가 왔다고 한다. 2편 역시 프랑스에서 400만 명 이상의 관객을 동원하며 역대급의 시리즈가 되었다. 최근 개봉 40주년을 맞아 〈라 붐〉이 이토록 오랫동안 컬트적 사랑을 받고 있는 이유를 조명하는 기사와 다큐멘터리가 나오기도 했다. 2021년 4월 17일 프랑스 2TV의 〈토요일 오후 8:30〉이라는 프로그램은 〈라 붐세대〉라는 특집을 내보냈다. 〈라 붐〉에 열광했던 십대는 경쾌한 미국 문화에 물든 '배은망덕한 세대'이며, 워크맨으로 상징되는 새로운 전자기기와 함께 성장한 '디지털 노마드 세대'라고 한다. 영화 속에서 결정적인 역할을 한 소니 워크맨은 1979년 7월에 처음 출시되었는데, 그해 바로 이 영화의 촬영장에 등장했다.

이제 와 돌아보면 〈라 붐〉은 우리가 알던 프랑스 영화와는 전혀 달랐다. 〈분노는 오렌지처럼 파랗다〉, 〈태양은 가득히〉 같은 알랑 들롱 주연의 스릴러도 아니고, 프랑스 문화원 시네마테크에서 인상 쓰며 보던 누벨바그 예술 영화도 아니었다. 1980년 〈라 붐〉

의 혁명은 너무 경쾌해서, '그게 뭐-'라고 할 정도였다. 그러나 그것은 이후 프랑스가 변화하는 모습을 보여주는 분명한 징후였다. 내가 좋아하던 프랑스도, 딱 거기까지였던 것 같다.

〈라 붐〉은 신화가 되었다. 서울의 이태원에서도, 독일의 슈투트가르트 퍼킨스 파크에서도 1980년대 스타일의 파티에 '라 붐'이라는 제목을 붙인다. 사람들은 여전히 워크맨 헤드셋이 귀에 걸리는 순간 마법에 빠지는 소녀를 그리워한다. 특정의 소년이 아니라 사랑 그 자체에 빠진, 소피 마르소의 꿈꾸는 듯한 눈동자는 불멸의 순간이 되었다.

이명석

1970년생. 경북의 소읍에서 태어나 대구에서 청소년기를 보내고 서울에서 살고 있다. 문화잡지 《이매진》 수석기자를 하며 영화 담당을 했고, 웹진 《스폰지》 편집장을 거쳐 전업 필자로 활동하고 있다. 《씨네21》의 '씨네꼴라쥬' 등 영화 패러디 칼럼을 연재하기도 했다. 저서로 『유쾌한 일본만화 편력기』, 『모든 요일의 카페』, 『논다는 것』, 『어느 날 갑자기, 살아남아 버렸다』, 『생각하는 카드』 등이 있다.

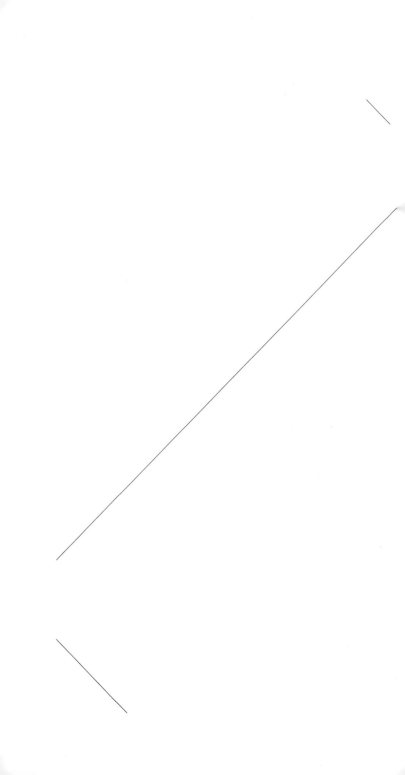

영화를 '말한다'는 것.
그 기분 좋은 무력함에 관하여

송경원

매디슨 카운티의 다리
The Bridges of Madison County

감독   클린트 이스트우드
제작연도 1995년

○

말은 허약하다. 그렇게 생각한 게 중학교 2학년 무렵
이었던 것 같다. 어머니는 새벽까지 장사를 하셨다.
매일 몇 시인지도 모를 시간에 귀가한 어머니는 잠깐
눈을 붙이곤 내 도시락을 싸셨다. 한번은 우연히 일찍
일어나 부엌에서 꾸벅꾸벅 조는 어머니를 보았을 때
괜히 알 수 없는 부아가 치밀어, 이런 거 필요 없으니
그냥 용돈을 달라고 짜증을 낸 적이 있다. 지금에 와
서 생각해보면 나는 아무것도 해줄 수 없다는 분함이
사랑한다, 미안하다는 말을 덮어버렸던 셈이다. 그렇
게 한번 터진 마음은 말의 그릇에 넘쳐흘러 전달되지

못했다. 설사 그때 내가 감사하고 사랑한다고 말했다고 해도 그날 새벽, 팔레트 물감처럼 울긋불긋 뒤섞여 가던 그 마음을 담아내기엔 턱없이 부족하다.

한편, 말은 신비롭다. 그날 새벽 분하고 감사하면서도 죄송하고 따뜻하면서도 쓸쓸했던 마음을 몇십 년이 지나 다른 곳에서 마주한다. 머리가 굵어지고 난 뒤 언젠가 가수 이적이 중학교 3학년 때 어머니에게 썼다는 시 〈엄마의 하루〉를 우연히 접했다. "습한 얼굴로/am 6:00이면/시계같이 일어나/쌀을 씻고/밥을 지어/호돌이 보온 도시락통에 정성껏 싸/장대한 아들과 남편을 보내놓고/조용히 허무하다.(하략)" 상황도 시간도 장소도 전혀 다르지만 '조용히 허무하다'는 구절을 읽는 순간 문득 그날 나의 치기 어린 짜증을 받아주셨던 어머니의 쓸쓸했던 얼굴이 선명하게 떠올랐다.

언어란 그런 것이다. 정확하게 지정하고 담아내려 할수록 본질에서 멀어진다. '사랑한다'고 핵심을 직접 전달하는 것보다 당시의 정경과 분위기를 묘사하는 것이 훨씬 정확할 때가 심심치 않게 있다. 그래서 우리는 에둘러 은유를 하고, 이야기를 짜내 상황을 조성하는 데 공을 들인다. 이야기로 무대를 만들고 나면 그 자리에 참여하는 것은 읽는(혹은 듣는) 사람의 몫이다. 말은 발화자의 입을 떠나는 순간 그의 것이 아니다. 읽는 이가 자신의 경험으로 빈자리를 채워 넣을 때 비로소 말은 읽는 그 사람의 소유가 된다. 완성이 된다. 그러므로 말은 의도를 실어 나르는 수레라기보다는 차라리 서로 다른 존재가 만나 교류를 나누는 쉼터에 가깝다. 우리가 해야 할 일은 말이 당도할 상대를 상상하며 그 쉼터를 조화롭게 꾸미는 것 정도다.

○

나의 첫 영화를 떠올리면 말의 무기력함이 먼저 생각난다. 신비로움이라고 해도 좋겠다. 사실 무기력과 신비, 둘은 본질적으로 별반 다르지 않다. 초등학생 때, 한번 들어가면 하루 종일 볼 수 있었던 심형래의 우뢰매 시리즈를 제외하면, 나의 첫 극장 경험은 중학교 2학년 무렵으로 거슬러 올라간다. 그때 마침 전국 단위로 학생들의 취미 생활을 육성하라는 교육부의 지침이 내려왔고, 내가 다니던 중학교에도 방과 후 특수 활동을 장려하는 움직임이 일었다. 당시 우리 중학교에서 새롭게 생긴 특수 활동부는 세 가지가 있었다.

하나는 독서부. 알아서 자율학습을 하라는 소리. 둘째는 귀가부. 귀찮으니 각자 알아서 취미활동 해오라는 권유. 마지막 하나가 영화부였다. 제일 그럴 듯하고 뭔가 할 수 있을 것 같은 마음에 나는 주저 없이 영화부를 선택했다.

매월 넷째 주 금요일 오후, 영화부엔 선생님의 인솔하에 영화를 보고 나면 꼭 감상문을 써야 한다는 의무사항이 있었다. 그 탓인지 지원한 사람은 의외로 많지 않아 전교에 50명 남짓이었던 걸로 기억한다. 방과후 남자 중학생 5, 60명 정도를 인솔한다는 건 피곤한 일이긴 하다. 선생님들 입장에서는 귀찮은 업무만 하나 더 늘어나는 게 부담스러웠을 수도 있다. 우여곡절 끝에 영화부를 맡은 담당 선생님은 당시 이제 갓 부임해온 여자 국어 교사였다. 그리고 놀랍게도(어쩌면 신입이라 아무것도 몰라서 가능할 일이었을지도 모르는데) 그분은 학생들을 데리고 본인의 취미활동에 몰두하기 시작했다. 한 달에 한 번 영화를 고를 때, 아이들의 의견을 묻거나 취향을 고려하지 않고 자기가 보고 싶은 영화를 골라버린 것이다. 그렇게 태어나서 처음으로 극장에서 본 극영화가 다름 아닌 클린트 이스트우드 감독의 1995년작 〈매디슨 카운티의 다리〉였다.

당시 기준으로 무려 청소년관람불가.

멈추었을 때 시작되는 사랑, 순간을 영원으로

어디서부터 어떻게 설명해야 좋을까. 〈매디슨 카운티의 다리〉는 제임스 월러의 소설을 바탕으로 만든 멜로드라마다. 한마디로 정리하자면 뒤늦게 찾아온 운명적인 사랑에 관한 영화인데, 내셔널 지오그래픽의 사진작가와 미국 아이오와주 시골 마을 외로운 가정주부가 나흘 동안 사랑하고 평생을 그리워한 이야기라고 정리할 수도 있겠다. 좀 더 통속적으로 쉽게 상황만 축약, 전달한다면 중년의 불륜을 소재로 한 아침드라마 같다고 할까. 프란체스카(메릴 스트립)는 남편을 먼저 떠나보내고 자식들을 잘 길러낸 뒤 홀로 지내다 죽음을 맞이한다. 자녀들은 어머니의 유품을 정리하기 위해 옛집에 모이는데 자신을 남편 곁에 묻지 말고 화장해서 로즈먼 다리에 뿌려달라는 뜻밖의 유언을 접한다. 이후 프란체스카가 남긴 일기장을 발견하는데 거기엔 한 남자와 사랑에 빠졌던 나날들이 고이 적혀 있다. 그렇게 영화는 남편과 아이들이 4일간 도시의 박람회를 떠난 날, 홀로 집을 지키고 있던 프란체스카의 시간으로 돌아가 첫발을 뗀다.

〈매디슨 카운티의 다리〉는 그저 불륜을 소재로 한 자극적인 드라마와는 결이 다르다. 부적절한 관계를 미화하겠다는 의도도 없다. 그건 어디까지나 일부의 결과론에 불과하다. 영화는 그저 누구에게나 찾아올 수 있는, 어쩌면 일생에 단 한 번뿐일 분명한 감정에 대해 잔잔하게 풀어나간다. '사랑'이라는 두 음절의 단어로 설명할 수밖에 없었던, 하지만 결코 설명되지 않을 감정들을 135분이 넘는 시간 동안 찬찬히 스며들게 한다고 해도 좋겠다.(당시 기준으로 무척 긴 러닝타임에 속했다.) 사진작가 로버트(클린트 이스트우드)는 투명 인간처럼, 혹은 아내이자 어머니라는 기능적인 존재로 일상을 버텨온 프란체스카를 한 명의 여인으로 대한다. 사람이 사람에게 마음을 이끌리는 건 대단한 사건이나 계기가 있는 게 아니다. 그저 온전한 시선으로 '나'를 보아주는가. 출발은 그거면 족하다. 그런 의미에서 사진작가라는 직업은 의도적이기도 하지만 제법 합리적인 배치다. 피사체를 있는 그대로 보려고 노력하는 시선은 이 영화가 깔고 있는 태도이기도 하다. 사랑이냐 불륜이냐, 제도냐 본능이냐 하는 구분과 잣대에 의식을 뺏기지 말 것. 둘이 함께

했던 시간을 있는 그대로 바라볼 것.

　물론 이런 요소는 나중에 뒤늦게 영화를 분석하고 이해했을 때 깨달은 것들이다. '두 번 본 영화'를 주제로 글을 쓴다고 해도 나는 〈매디슨 카운티의 다리〉를 고를 것 같다. 아는 만큼 보이는 것들이 있기에 같은 영화라도 시간을 두고 다시 볼 때 전혀 새로운 이야기로 거듭나기도 한다. 머리가 굵어진 뒤 다시 보았을 때 〈매디슨 카운티의 다리〉는 마냥 아름다웠던 사랑 이야기라기보다는 정반대로 사랑의 유한성, 혹은 순간성에 대한 회한처럼 다가왔다. "이토록 확실한 감정은 일생에 단 한 번밖에 오지 않아요. 기회를 잡아요." 흔들렸던 건 프란체스카만이 아니었다. 로버츠 역시 그녀에게 이끌렸고 이것이 운명이라 확신을 한 뒤 그녀에게 자신과 함께 떠나자고 말한다.

　이에 프란체스카는 답한다. "영원히 당신을 사랑하면서 내 모든 걸 다 바치고 싶어요. 하지만 난 알아요. 내가 당신을 따라나서면 우리의 사랑도 지금과는 달라질 거라는 걸." 그렇다. 불꽃 같은 사랑이 우리를 매료하는 것은 그것이 결국 쇠잔해지고 말기 때문이다. 아마도 여기서 두 사람이 함께 떠났다면 전혀 다른 이야기가 되었을 것이다. 새로운 권태와 고난이 찾아왔을 수도 있다. 프란체스카는 그걸 알기에 새로운 출발보다 사랑을 영원으로 박제하는 쪽을 택했다. 로버트를 저녁 식사에 초대해 자신이 꾸밀 수 있는 가장 예쁜 모습으로 꾸민 채 순간을 영원으로 남기는 것이다. 마치 사진처럼. 그렇게 기억 속에서 로버트와 프란체스카의 그날 밤은 오래도록 아름다운 시간으로 지속된다. 찰나이기에 영원할 수 있는 순간들. 어쩌면 인생도 마찬가지이리라. 다시 오지 않을 순간들이 의미 있는 건 끝이 예정되어 있기 때문이다. 완벽이란 결국 정지된 상태다. 사랑의 시간은 대개 연인과의 만남을 기다리거나 지나간 만남을 계속해서 곱씹는 시간, 둘로 나뉜다. 완벽한 순간은 그 사이, 찰나에 깃든다. 어쩌면 로버트의 말처럼 일생에 단 한 번밖에 오지 않을 수도 있는 그 순간은 역설적으로 붙잡지 않음으로써 완성될 수 있다.

언어 바깥에 있는 것, 오직 영화적인 것

그런 의미에서 나는 〈매디슨 카운티의 다리〉가 내게 준 첫 만남의 순간에 대해 좀 더 말하고 싶다. 두 번 본 영화, 분석한 영화가 아니라 느낌 그대로의 순간에 대해서 좀 더 말해야 한다. 이건 우열의 문제도, 깊이의 문제도 아니다. 때론 아무것도 모르기에 느낄 수 있는 것들도 있다. 모두에겐 첫 만남의 순간이 있다. 내게 영화는 일종의 만남처럼 다가온다. 내용 못지않게 언제, 어떤 방식으로 만나느냐가 중요하다. 영화는 물질이 아니다. 스크린에 영사되고 있는 내용도 아니다. 그날의 날씨, 영화를 보러 가기까지의 시간, 극장의 분위기, 낡고 불편한 극장 의자의 삐거덕거림, 스크린에 불이 켜지고 극장 밖을 나섰을 때 뇌리를 스치는 생각까지, 모든 체험이 영화다. 중학교 2학년, 처음으로 합법적인 허락을 얻어 극장에서 청소년관람불가 영화를 보던 그날의 기억은 한 마디로 '말로 설명할 수 없음'이다. 논리적으로 해설할 순 없겠지만 그날의 풍경과 나의 기분 좋은 무력감에 대해 고백할 순 있다.

다시 생각해보면 남자 중학생 50명을 데리고 〈매디슨 카운티의 다리〉를 관람한다는 건 무모한 도전이다. 아마도 선생님은 본인이 영화를 보는 데 더 집중하셨던 것 같다. 아이들은 대부분 이해할 수 없는 내용과 느린 호흡에 진저리를 떨며 영화가 채 끝나기도 전에 상영관 밖을 나갔다. 하지만 시간을 다 채우기 전까진 극장 밖을 나갈 수는 없게 막아두었기에 극장 매점 복도에 옹기종기 모여 다 같이 TV에서 틀어주는 성룡 영화를 봤다고 한다.(직접 보진 못하고 나중에 전해 들었다.) 당시만 해도 나는 시키면 시키는 대로 하는 고지식한 학생이었기에 좌석에 앉아 있으라는 선생님의 말을 끝까지 수행했다. 물론 중학교 2학년짜리가 중년의 애틋한 사랑을 제대로 이해했을 리만무하다. 그저 '저 아저씨, 아줌마가 서로 좋아하는구나' 정도의 심드렁한 감상이 이어지는 정도였다. 하지만 거의 막바지에 다다랐을 무렵 로버트와 프란체스카의 마지막 스침을 보면서 이상한 기분에 사로잡혔다. 정확히는 로버트가 처음으로 멋져 보였다.

프란체스카가 제안을 거절한 후 마을을 떠난 줄 알았던 로버트는 마지막으로 한 번 더 프란체스카 앞에 모습을 드러낸다. 봄바람처럼 다가왔던 나흘이 지나고 프란체스카는 귀가한 남편과 함께 차를 타고 마을 식료품점에 방문한다. 가게로 들어간 남편을 기다리며 멍한 표정으로 차 안에 있던 프란체스카는 쏟아지는 비를 맞으며 우두커니 서 있는 로버트를 발견한다. 그는 비에 젖은 생쥐마냥 초라한 행색이지만 한 치의 부끄러움이나 후회도 엿보이지 않는다. 차 유리를 사이에 두고 시선을 교환하는 두 사람. 둘 사이에는 아무런 대화가 없지만 이미 서로의 마음을 잘 안다는 듯 고갯짓으로 교감한다. 로버트가 고개를 위아래로 끄덕이면 함께 끄덕. 돌아서는 로버트의 뒷모습에 안타까운 듯 고개를 가로젓는 프란체스카. 전반적으로 음악이 절제된 이 영화에서 이 순간만큼은 아련한 현악 선율이 흐르며 두 사람 사이에 흐르는 유일무이한 시간을 축복한다.

　이 장면을 어떻게 설명할 수 있을까. 영화를 보고 온 다음 주 월요일, 영화부가 아닌 친구들이 물어왔다. 무슨 영화 봤어? 〈매디슨 카운티의 다리〉라는 영화를 봤어. 어떤 영화야? 청소년관람불가 영화야. 우와, 무슨 이야기야? 불륜이야, 중년의 사랑. 그게 뭐야, 재미는 있어? 모르겠어, 근데 한 장면이 기억에 남아. 이후로는 아무런 설명을 할 수 없었다. 이별을 약속한 로버트와 프란체스카의 마지막 표정을 뭐라고 표현해야 할까. 슬픔, 회한, 그리움, 안타까움, 여전히 사랑의 불씨가 남아 있는 상태, 그럼에도 당신의 행복을 빌어주고 싶은 마음. 어떤 말을 보태도 이 장면이 전해주는 본질을 비켜난다. 이 순간 로버트와 프란체스카, 아니 메릴 스트립과 클린트 이스트우드의 얼굴에 떠오른 형상은 언어 바깥에 존재한다. 오직 목격하는 것만으로 전달될 수 있는 순간들. 아마도 그때 깨달았던 것 같다. 영화를 말로 옮긴다는 건 불가능하다는 것을. 어쩌면 그것이야말로 온전히 '영화적'인 체험이자 시간이라고 부를 수 있을 것이다. 지금도 나는 영화가 무엇인지 질문을 받으면 이 장면을 예시로 꼽는다. 동시에, 불가능하다는 걸 절감했음에도 불구하고 내가 느낀 이 묘한 울림을 공유하고 싶다는 마음이 싹튼다. 아마도 영화를 보고 말하는 일을 업으로 삼는 나의 첫발은 이때 시작되었으리라.

○

영화는 현실을 담고 싶어(혹은 닮고 싶어) 한다. 하지만 결코 영화는 현실이 될 수 없다. 둘 사이에는 넘을 수 없는 벽이 존재한다. 차라리 영화가 또 다른 차원의 현실을 창조하고 있다고 보는 편이 적절할 것이다. 마찬가지로 감상문, 리뷰, 에세이, 비평, 뭐라 부르던 영화에 관한 글은 영화를 닮고 싶어(혹은 담고 싶어) 한다. 영화를 묘사하고 거기서 받은 감동과 느낌을 전달하고자 한다. 그러나 여기에도 마찬가지로 넘

송경원

을 수 없는 벽이 존재한다. 영화 앞에서 말은 무력하다. 그래서, 영화를 통해 건네어 받은 말은 거기서 또 다른 고백을 시작한다. 그것은 이미 영화에 대한 설명이 아니라 또 다른 대화다. 나의 고백을 통해 비로소 나의 (첫) 영화가 완성되는 셈이다. 그렇기에, 말은 신비롭다. 전혀 다른 것을 이야기하고 있지만 결국엔 같은 지점에 도달하리라는 믿음. 또는 굳이 그렇지 않아도 상관없다는 기분 좋은 무력감. 채워지지 않음을 알지만 그럼에도 멈출 수 없는 마음. 다시 말하자면 당신에게 허락된 건 언젠가 당신의 말이 당도할 상대를 상상하며 그 쉼터를 조화롭게, 적어도 최선을 다해 꾸미는 것 정도다. 지금의 나처럼.

송경원
영화 전문지 《씨네21》 기자이자 영화 평론가. 중학교 2학년 때부터
영화를 말한다는 무력감을 즐겼다.

우물 이야기

김남숙

미이라
The Mummy

감독   스티븐 소머즈
제작연도   1999년

○

내가 기억하는 그날의 장면은 이렇다. 손톱을 매끈하고 뾰족하게 손질한 여자의 손이 내 몸통을 확 낚아챈다. 그러곤 여자가 다급하다는 듯 버스의 정차 벨을 누른다. 버스 기사가 황급하게 버스를 세우고, 나는 나보다 약하다고 생각한 여자의 손에 이끌려서 버스에서 내린다. 정류장 바로 앞에는 폐허 같은 주유소가 보이고, 내 입가에는 복숭아 과즙 맛이 나는 토사물이 조금 묻어 있다. 그때 여자와 나는 영화관에서 막 돌아오는 길이었다. 그날은 여자와 처음 손을 잡고 처음 영화관에 간 날이기도 했다. 나는 일곱 살 무렵이었고, 가을이 막 시작된 어느 때였다.

　　그날은, 정확히 말하자면 여자의 손을 꼭 붙잡고 걸었던 것은 아니고, 인파가 많은 곳에서만 여자의 손을 잡고, 나머지는 빠르게 걷는 여자의 뒤를 종종걸음으로 쫓으며, 처음으로 극장에 간 날이었다. 우리가 간 곳은 충주의 한 극장이었고, 우리집에서 한 시간가량 버스를 타고 가야 하는 곳이었다. 왜 하필 우리집에서 가까운 이천의 시내가 아니라, 조금 더 가야 하는 충주로 갔는지는 지금도 알 수 없다. 물론 애초에 이유가 없을 수도 있다. 대부분 모든 것을 혼자 생각하고 혼자 판단하는 사람에게는 이유가 없는 경우가 많았다. 그 당시 여자는 왜, 라는 질문에 잘 대답해주지 않았다.

　　그날 여자는 아무 말 없이, 점심에 일어난 나에게 빨간 티셔츠와 몸에 꽉 끼는 청 반바지를 입히고 버스에 태웠다. 어디를 가느냐고 여자에게 물었지만, 여자는 역시나 나에게 답해주지 않았다. 그 당시 여자를 다시금 정리하자면, 쉬운 것에 대해 물어도 절대 대답해주지 않는 사람, 질문에 대해서 항상 모르는 척하는 사람 정도였다. 여자는 그저 극장에 도착할 때까지, 충주라는 표시판이 보일 때까지, 한 시간가량 버스 창밖의 똑같은 풍경을 내내 바라보기만 했다. 창밖을 바라보는 여자의 모습을 떠올려보자면 볼살이 통통했고, 지금보다 쌍꺼풀이 연했고, 피부가 두꺼웠으며, 조금 우울한 인상의 여자였다. 사람들은 자주 여자의 기분을 물었다. 나는 아무도 여자를 미워할 수 없을 것이라고 여자를 보면서 종종 생각했던 것 같다. 여자는 예뻤으니까. 그리고 그런 여자와 반대로 그때 나는 끝이 타버린 검은 쇠꼬챙이라고밖에는 할 말이 없을 정도의 외모를 가진 아이였다. 그래서인지 동네 사람들은 내가 말을 잘해서 나중에 아나운서를 시키면 좋겠지만, 지금은 너무 까맣다는 말을 덧붙이기도 했다.

우리가 버스에서 내렸을 때, 여자는 가끔 내가 잘 따라오고 있는지 뒤돌아보았고, 나는 열심히 여자의 뒤를 따라갔다. 여자가 자주 뒤돌아보면 나는 여자에게 잘 따라가고 있다는 눈빛을 보냈다. 여자는 말보다는 눈으로 말하는 것에 익숙했기에, 누구보다 내 눈빛의 뜻을 잘 알아들었을 것이다. 여자의 뒤를 따라, 건물의 맨 꼭대기에 다다랐을 때, 우리는 극장 로비에 들어와 있었다. 축제같이 화려한 건물 속에서 줄 맞춰 서 있던 사람들이 보였고 그 커다란 공간을 달큰한 냄새가 온통 채우고 있었다. 개미 수십 마리가 쏟아져 나온다고 해도, 전혀 이상하지 않을 정도로 엄청나게 단 냄새를 나는 그때 처음 맡아보았다. 그러나 그것보다도 더 기억에 남는 것은 긴 총을 든 브렌든 프레이저와 레이첼 와이즈가 사막의 석양 아래 서 있는 모습이었다. 그들의 눈은 꼭 우물 같아 보였다. 그들이 들어가 있는 포스터에는 '미이라'라는 제목이 쓰여 있었다. '미이라'라는 제목을 보았을 때, 나는 궁금했다. 왜 '미라'가 아니라 '미이라'일까 하고. 그 당시 내가 표준어니, 뭐니 하는 것들에 대해서 알았던 건 물론 아니다. 막 글을 읽기 시작했을 때여서, 동네 간판들이 보이면 그것들만 간신히 읽어낼 뿐이었다.

　　나는 그 당시 미라에 대해서 조금 알고 있었다. 〈두치와 뿌꾸〉에서 휴지 같은 붕대를 돌돌 말고 양복을 입고 다니는 미라를 여러 번 보았기 때문이다. 하지만 왜 미라가 아니라, 미이라인지 알 수 없었다. 여자에게 물어보았지만, 여자는 역시나 그저 다른 곳을 보며 눈을 끔뻑였다. 나는 혼자 생각했다. 왜 미라가 아니라, 미이라일까. 더 무서운 느낌을 주기 위해서? 유령보다 유우령이라고 말할 때 더 무서운 것처럼? 지금 와서 생각해보면 그런 의미에서는 미라보다 미이라가 더 어울리는 어감이기는 하다. 〈미이라〉 속 주인공들은 입을 크게 벌리고 소리를 지르며, 부활한 미라들은 누구보다 유연한 하관을 자랑하니까. 나는 그 포스터 앞으로 다가가 종이를 손끝으로 문질렀다. 너무 선명하고 큰 포스터였기에 물감 같은 게 묻어나지 않는지, 어쩐지 확인해보고 싶었다. 그리고 여자는 그런 모습의 나를 지켜보았다. 여자에게는 〈미이라〉 영화표 두 장이 들려 있었고, 여자의 눈에서는 포스터 속의 브렌든 프레이저와 레이첼 와이즈보다 더 깊은 우물이 보였다. 그러니까, 우물이라고 말하기는 좀 그렇고 우우무울이라고 말할 정도의 슬픔이 여자에게서 느껴졌다. 여자는 왜 매번 우물이 아니라, 우우무울이었을까. 나는 해앵복한데, 여자의 우우무울을 생각하면 나는 자아아꾸 조용한 아이가 되는 기분이 들었다.

나는 영화가 시작하기 전, 눈을 동그랗게 뜨고 가빠 오는 숨을 참았다. 푹신한 쿠션 의자와 달달한 먼지 냄새가 나는 방, 나에게 극장이라는 곳은 내가 가본 방 중에 가장 크고 어둡고 천장이 높은 곳이었다. 나는 매일은 아니더라도 일주일에 한 번쯤 이런 방에 갇혀 있으면 좋겠다고 생각했다. 그리고 또 이 극장을 가진 사람은 얼마나 행복할까, 하는 생각도 했다. 이렇게 푹신하고 달달한 냄새가 진동을 하는, 천장이 높은 방의 집주인은 얼마나 행복할까. 그 당시 내가 가장 많이 빌었던 소원이나 가장 많이 했던 말들은, '한 번 더' 혹은 '또'였다. '한 번 더 오면 좋겠다', '또 오면 좋겠다' 등등. 그러나 그런 순간들은 어렸을 때나 지금이나 왜 늘 한 번뿐인지. 그래서 다들 죽고 미라가 되어서도 그때 그 순간들을 다시금 느끼기 위해서 '한 번 더'를 외치는 것일까.

○

그날 여자와 함께 본 〈미이라〉는 온몸이 가렵고 오줌이 나올 것 같은 영화였다. 다 녹아내린 붕대를 감고 썩은 이빨을 자랑하는 미라들이 너무 진짜처럼 느껴졌다. 나는 그들이 불쑥불쑥 튀어나올 때마다, 소리를 크게 질렀다. 미라가 나타날 때뿐만 아니라, 아마 총을 쏠 때마다 소리를 질렀을 것이다. 내 맥박 소리가 귀에 들릴 정도로 나는 놀라고 있었다. 나는 극장의 예절 따위는 알지 못했고, 여자는 내가 소리를 지를 때마다 내 허벅지를 찰싹 때렸다. 죽음의 도시, 하무납트라. 사랑 때문에 최고의 형벌을 받은 이모텝. 3천 년 동안 죽지 않는 살인 딱정벌레들. 한번 분란이 생겼다 하면 마구잡이로 죽어나가는 악당 무리들. 얍삽한 악당들은 항상 마지막에 천벌을 받는다는 것을 보여준 불쌍한 베니. 그 당시에는 이것들을 다 이해할 수 없었다. 그저 머릿속에 남아 있는 것은 사랑 때문에 산 채로 죽은 이모텝과 안크수나문의 검은 머리칼, 그리고 살인 딱정벌레였다.

○

영화관을 나오자마자 밝아지는 빛 때문에 머리가 어지러웠다. 영화관에서 나왔을 때, 여자의 우물은 조금 말라 있었다. 여자도 영화가 재미있었을까. 여자도 살인 딱정벌레가 무서웠을까. 여러 가지를 물어보고 싶었지만, 나는 질문이 아닌 다른 말을 했다.

"엄마, 나중에 백 년이 지나도 이집트는 절대 안 갈래요."

여자는 왜냐고 물어보지 않았다. 여자의 앞에 서면 내 말은 늘 혼잣말이 되었다. 그래도 나는 계속해서 말했다.

"나중에 이집트는 절대로 안 갈래요, 이집트에 가면 조금만 잘못을 해도 엄청나게 큰 벌을 받을 것 같아요. 한 번도 봐주지 않을 것 같아요."

여자는 나를 보면서 눈으로 무언가 말했다. 나는 눈으로 말하지 않는 사람이라서, 여자의 말을 잘 알아듣지는 못했다.

우리는 이곳에 왔던 것과 같은 방식으로 집으로 돌아갔다. 여자가 앞서서 빨리 걷고, 내가 그 뒤를 종종걸음으로 쫓았다. 나는 돌아오는 길에 심하게 멀미를 했고, 버스 바닥에 무른 복숭아 과즙 맛이 나는 토를 해놓았다. 나는 버스에서 내려 집으로 돌아가는 길에 미이라, 미라가 아니고, 미이라, 미이라, 습관처럼 중얼거렸다. 여자는 집에 가까워질수록 다시금 우물보다는 우우우무울이었고….

P.S.

그다음에 대해 말하자면, 나는 시간이 아주 많이 지나 여자의 우물이 완전히 말라갈 때쯤, 여자가 그 당시 무언가를 심하게 앓고 있었다는 것을 천천히 알게 되었다. 그걸 병이라고 부른다는 것도 알게 되었다. 언젠가 여자를 어딘가에 여자라고 쓸 때면, 여자를 조금은 용서할 수 있을 것 같은 마음이 들기도 했다. 내 말에 대답해주지 않아서 눈물이 왈칵 나왔던 그 어느 때를.

이후에 나는 〈미이라 2〉, 〈미이라 3〉까지 보게 된다. 〈미이라 3〉은 미이라 시리즈 중에 제일 재미가 없었고 그 후 미이라의 후속 시리즈는 나오지 않았다. 그리고 나는 여전히 검은 벌레를 무서워하고 가끔 녀석들이 나를 덮치는 악몽을 꾸기도 한다. 그들이 지지직 소리 내며, 검은 눈동자로 나를 노려보는 꿈. 그런 꿈을 꾸고 나면 나는 그때나 지금이나 그것들이 여전히 조금은 무우섭다.

김남숙

2015년 '문학동네신인상'에 당선되어 작품 활동을 시작했다. 소설집 『아이젠』이 있다. 보았던 영화를 여러 번 돌려보는 것을 좋아한다. 아직도 무우우서운 영화를 보면 무우우서운 꿈을 꾼다.

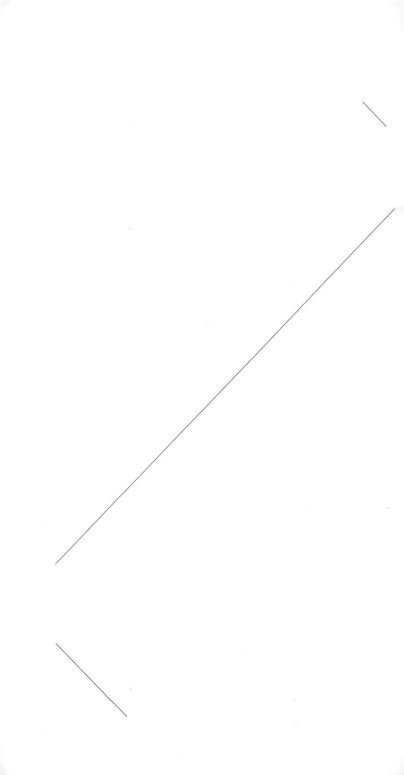

그날 만났던 괴물들을 또다시 만나다

박사

신밧드의 대모험 호랑이 눈깔
Sinbad and The Eye of the Tiger

감독   샘 워너메이커
제작연도 1977년

○

젊은 아빠는 내가 아는 늙은 아빠와 닮았겠지만, 좀
다른 사람이었던 듯하다. 놀러 다니는 것을 좋아하고
영화나 전시 보러 다니는 것을 좋아하는 건 같았지만
어린 딸을 데리고 다니기 좋아했다는 것은 좀 의외였
다. 특히 첫딸인 내 언니는 인형처럼 예뻐서 온갖 데
에 다 데리고 다녔던 모양이다. 심지어 바람피우는 장
소에까지도 애지중지 어린 딸을 안고 다녔다고 하더
라. 강아지 산책시키는 기분이었던 걸까. 일하는 언니
가 있었으니 아이 봐줄 사람이 없어서는 아니었을 테
고, 그저 아버지의 취미가 그랬던 걸 게다.

아빠가 딸을 데리고 다니지 않게 된 건 둘째인 내 성격 탓일 수도 있다. 내가 기억하는 어린 나는 버스만 타면 토하는 아이였다. 허약한 데다 살갑지도 예쁘지도 않았다. 툭하면 코피를 흘리고 짜증을 냈다. 그래도 아빠와 같이 갔던 다방에서 어른들 사이에 앉아 특별 주문한 설탕을 넣은 따뜻한 우유와 계란프라이를 먹던 건 내 가장 오랜 기억 중 하나다. 보들보들 매끄러운 반숙으로 어찌나 잘 부쳐주셨던지, 내 까다로운 계란 취향은 그때 만들어졌다고 확신한다.

내가 기억하기 전의 어느 날에도 젊은 아빠는 내 손을 잡고 극장에 갔다. 지금은 없는 단성사. 아마도 서부영화. 젊은 아빠는 넋을 놓고 보는데, 나는 재미가 없었던 모양이다. 하도 나가자고 보채니 몇 번을 주저앉히던 젊은 아빠가 약속을 했단다. "얌전하게 잘 보면 끝나고 나가서 짜장면 사줄게." 짜장면을 좋아하던 나는 가만히 앉아있겠다 다짐했겠지만 아이답게 오래가지 못했다. 계속 들썩이던 나를 보던 아빠가 두 번째 약속을 했다. "로비에 나가 놀고 있을래? 영화가 끝나자마자 나갈게." 나는 신이 나서 달려나갔고, 아빠는 다시 영화에 빠져들었다.

초등학교도 입학하기 전, 키가 겨우 아빠의 무릎

께에나 오던 나이였다. 영화를 다 본 아빠가 개운하게 나가보니 아이가 없었다. 온 극장을 샅샅이 뒤져도 나오지 않았다. 매표소에 물어봤지만 직원도 아이를 본 적이 없다 했다. 젊은 아빠는 피가 말랐겠지. 건물 안을 뛰어다니며 찾다가 못 찾고 극장 밖으로 나와보니 길가에 한 할머니가 좌판을 펴놓고 앉아있더란다. "흰옷 입은 요만한 꼬마 못 보셨어요?" 하니 할머니가 쩌-그로 가더라며 가리켰다. 그리고 그곳에는 중국집이 있었다.

나는 그곳에 태연하게 발 까닥거리며 앉아있었다. 아버지가 들어서자 "흰옷 입은 요만한 꼬마"를 둘러싸고 있던 직원들이 일제히 돌아봤다. 꼬마는 들어와서 앉더니 "짜장면 두 개, 아빠 꺼 내 꺼"를 외쳤다 한다. 황당해한 직원들이 "네 이름이 뭐야? 어디서 왔어? 아빠는 어딨어?" 물어봐도 입을 꾹 닫고 열지 않더란다. 나중에 왜 이름을 말하지 않았냐 했더니 어린 나는 "말해봤자 놀리기만 할 텐데"라고 했다고 한다. 여러분. 아이에게 특이한 이름 지어주지 마세요.

뒤늦게 이야기를 듣고 놀라고 안도한 엄마에게 아빠가 얼마나 야단맞았는지는 듣지 못했지만 짐작할 수는 있다. 한바탕 휩쓸고 지나간 뒤, 마음을 가라

앉힌 엄마는 내게 "영화는 어땠어?"라고 물어봤다고. 나는 간명하게 세 줄로 영화를 요약했다. "막 달려가는 거야. 막 쏘는 거야. 그리고 막 죽는 거야." 아쉽게도 그 영화가 무엇이었는지는 지금은 알 수 없다. 아마도 내 인생의 첫 번째 영화였을 텐데.

○

외식과 나들이를 좋아하던 부모 덕분에 그 외에도 몇 번의 극장 나들이가 있었을 테지만 다 잊어버렸고, 단편적이나마 내가 기억하는 첫 영화는 〈신밧드의 대모험 호랑이 눈깔〉이다. 영화가 만들어진 1977년은 내가 초등학교에 들어가던 해. 지금은 동화면세점이 된 자리에 있던 '국제극장'에서 개봉했다고 하는데 자세한 상황은 기억에 없다. 당시로써는 꽤 화려한 영상이었다는데 안타깝게도 대부분 잊어버렸다.

　기억에 가장 선명하게 남아있는 건 화면에 자글자글 떠 있던 흰 글씨의 제목에서 "깔"에 엑스표를 치고 "알"로 바꿔놓은 인트로다. 실제로 '호랑이 눈깔'로 포스터까지 만들고 개봉했던 영화는 어느 틈엔가 '호랑이 눈알'로 이름을 바꾸었다. 겨우 한글을 떠듬 떠듬 읽던 나이였을 테니 뭔가 아는 게 나왔다고 신이 났나 보다. 눈깔이 맞는지 눈알이 맞는지도 몰랐을 나이였지만, 글을 배우며 종종 그날의 "깔"을 떠올렸다.

생각해보면 아쉬운 일이다. 유튜브에 조각조각 올라오는 영상을 보면 어린아이에게는 상당히 현란하고 무시무시한 영화였을 테다. 그런데 그중에서 기억하고 있는 것이 몇 장면 없다니. 요술 같은 장면 한두 개를 제외하고는 까마득하게 잊었다.

○

원제가 'Sinbad and The Eye of the Tiger'인 이 작품은 신밧드 시리즈 중 3편이다. 1편의 제목은 〈신밧드의 7번째 모험 The 7th Voyage of Sinbad〉. 1958년에 개봉된 영화로, 네이던 유란이 감독을 맡고 캐스린 그랜트, 리차드 아이어 등이 출연했다고 한다. 2편은 〈신밧드의 대모험 The Golden Voyage of Sinbad〉으로, 고든 헤슬러가 감독하고 캐롤라인 먼로, 존 필립 로, 톰 베이커 등이 출연했다. 1974년 개봉. 세 번째가 바로 〈신밧드의 대모험 호랑이 눈깔〉이다. 지금은 〈신밧드와 마법사의 눈〉으로 검색하면 정보를 볼 수 있다. 샘 워너메이커가 감독을 맡았고, 제인 세이모어, 타린 파워와 존 웨인의 아들인 패트릭 웨인이 열연했다. 세 편의 시리즈 중에서는 제일 떨어진다는 평가를 받지만 당시로써는 꽤 인기가 있었던 모양이다.

감독도 배우도 다 다른 이 영화들을 한 흐름으로 꿰고 있는 이름은 '레이 해리하우젠'이다. 스톱모션 애니메이션의 대가인 그는 특수효과의 전설적인 인물로 컴퓨터 그래픽이 등장하기 이전의 특수효과를 대표했다. 그는 '다이나메이션'의 창시자이기도 하다. 다이나메이션은 '실사의 연기와 스톱모션 애니메이션을 합성한 촬영 기법'으로 신밧드 시리즈가 바로 그 방법으로 만들어졌다. 지금 보면 유치한 면이 없지 않지만, 실제 배우와 스톱모션 애니메이션으로 만든 괴수가 어우러져 싸우는 장면을 보면 상당히 실감 난다.

신밧드 시리즈의 첫 번째 작품인 〈신밧드의 7번째 모험〉은 해리하우젠이 참여한 첫 번째 컬러영화이기도 하다. 그가 참여했던 영화들은 감독이나 배우보다 그의 이름을 더 내세웠다고 한다. 관객들이 무엇을 기대하는지 정확하게 파악했던 것이다.

1920년 미국 로스앤젤레스에서 태어난 그는 40

여 년간 17개의 작품을 남겼다. 신밧드 시리즈는 그의 대표작으로 보기는 어렵지만 다양한 괴수 캐릭터가 등장하여 그를 설명하는 데 빠지지 않는 영화가 되었다. 조지 루카스, 스티븐 스필버그, 피터 잭슨, 팀 버튼 등 많은 감독과 제작자들에게 큰 영향을 끼쳤다고. 후대의 영화에서 그가 만들어낸 장면이 오마주되고 있다 하니 그 명성을 짐작할 수 있겠다.

○

다행히도 영화의 정보를 찾으면서 내 기억도 조금씩 돌아왔다. 영화가 개봉하던 당시의 포스터를 보면 가장 중앙, 호랑이의 무시무시한 얼굴 아래 자리잡고 있는 것은 신밧드도 공주도 아니고 악역인 마녀 제노비아다. 제노비아는 보란듯이 한쪽 다리를 내밀고 있는데, 치맛자락 아래 보이는 것은 발이 아니라 발톱이 날카로운 새의 다리다.

　그의 한쪽 발이 새의 다리가 된 것은 사연이 있다. 신밧드 일행을 염탐하기 위해 흑마술을 써 새로 변신한 제노비아는 그들의 배에 침입하는데 그만 붙잡히고 만다. 간신히 탈출한 제노비아는 다시 본래의 모습으로 돌아오려 하는데, 그 과정에서 한쪽 다리만 새의 형상으로 남게 된 것이다. 그 장면에서 내 기억은 번쩍 눈을 떴다. 맞아! 그것 때문에 한동안 악몽을 꿨잖아!

스토리는 이렇다. 우리의 주인공 신밧드는 파라 공주와 사랑에 빠진다. 결혼 승낙을 받기 위해 차락 왕국으로 갔다가, 파라 공주의 오빠인 카심이 왕으로 즉위하기 직전 사악한 새엄마 제노비아의 마법에 걸렸다는 것을 알게 된다. 신밧드는 마법을 푸는 방법을 찾기 위해 그리스의 현자 멜란티우스를 만나러 파라 공주와 일행들과 먼 여행을 떠난다. 함께 동행한 원숭이 비비는 마법에 걸린 카심 왕자다.

이들과 현자 멜란티우스와 그의 딸 디온은 세상의 북쪽 끝 마법의 광선만이 왕자를 구할 수 있다며 함께 북으로 향한다. 그사이에 제노비아와 그의 아들도 청동 오토메이션인 미노톤에게 생명을 불어넣어 대동하고 신밧드 일행을 뒤쫓아간다. 북극에 도착한 신밧드 일행은 거대한 바다사자를 만나 사투를 벌이고, 살아남은 이들은 숨을 돌리다가 또 거인 혈거인과 마주친다. 다행히 혈거인은 그들의 편이 된다.

드디어 도착한 결전의 장소. 그곳에는 신비한 피

라미드 궁전이 있다. 피라미드 궁전의 문을 열려다 미노톤은 바위에 깔려 죽지만 제노비아 모자는 무사히 잠입하고, 피라미드 궁전의 중앙에서 그들은 운명의 결전을 벌이게 된다. 제노비아의 아들은 신밧드와 싸우다 굴러떨어져 목이 부러져 죽는다. 분노한 제노비아는 동면상태에 있던 호랑이 속으로 들어가 눈을 뜨고, 무시무시한 기세로 그들을 공격한다. 혈거인은 호랑이를 막다가 결국 죽고, 호랑이 또한 신밧드 일행의 공격으로 죽게 된다. 마법은 풀리고 카심은 왕이 되고 신밧드와 파라 공주는 이루어진다. 해피엔딩, 짠!

○

스포일러 걱정을 할 필요가 없을 정도로 뻔한 스토리지만, 이 영화가 주 관객인 아이들의 흥분을 불러일으켰던 건 미녀들의 아슬아슬한 옷이나 진한 사랑 이야기가 아니라 다양한 괴물과의 싸움이었다. 우리나라 개봉 당시의 포스터에도 "상상을 초월한 갖가지 괴수들과 대결"이라고 쓰여있는데, 이 영화의 매력을 제대로 짚어낸 셈이다.

신밧드가 처음으로 싸우게 되는 괴물은 식인 괴

물인 '구울'이다. 갈비뼈가 앙상하고 눈이 큰 이 괴물은 영문 모르는 신밧드를 공격하지만 패배한다. 마녀가 만들어내는 청동 오토메이션 미노톤은 황금기계심장으로 움직이는 일종의 '로봇'이다. 강력한 힘으로 빠른 속도로 노를 저어 신밧드 일행에게 접근하며 대단히 위협적인 존재감을 자랑하지만, 막상 화려한 격투신을 보여주지는 못한다.

거대한 바다사자는 일단 그 크기로 압도하는 괴물이다. 어두운 밤에 속수무책인 인간들을 무차별적으로 공격하지만 집요한 악의는 없다. 구울과 미노톤이 마녀의 악의가 똘똘 뭉쳐 만들어진 괴물이라면, 바다사자는 자연현상에 가깝다. 거인 혈거인은 괴물이지만 친구다. 마법에 걸린 후 점점 동물화되어가는 원숭이 카심 왕자와 의사소통하며 신밧드 일행과 짧지만 깊은 우정을 나눈다. 마지막으로 나타나는 가장 강력한 적 호랑이는 긴박감 넘치는 대결 장면을 위해 꼭 필요한 존재다. 영화의 화려한 마지막을 장식한다.

○

크기도 싸우는 방법도 형태도 다 다른 이 괴물들을 만

들어내는 과정은 보는 것만큼이나 재미있지 않았을까. 오랜 시간이 지난 지금 다시 영화를 보며 위협적인 몸짓, 풍부한 표정, 섬세한 손짓을 한 땀 한 땀 만들어내어 생명 없는 인형에게 살아있다는 느낌을 주는 스톱모션 애니메이션을 새삼스럽게 경이로워한다. 괴물들뿐 아니라 주요 캐릭터 중 하나인 원숭이 카심도 스톱모션 애니메이션으로 만들었다. 어렸을 때는 별생각이 없이 흥분해서 보았겠지만, 나이가 들고 오랜 시간이 지난 뒤에 보니 제작과정에 더 많이 눈이 간다.

까맣게 잊고 있었지만, 다양하고도 전형적인 괴물들이 등장하는 이 영화는 내가 가지고 있는 '괴물에 대한 이미지'의 원형을 간직하고 있었다. 이후에 내가 책과 영화에서 보게 된 괴물들과 이 영화에 나온 괴물들은 이미지가 대부분 비슷했는데, 비슷한 상상력에서 출발한 탓도 있겠지만 아마도 이 영화로 갖게 된 강렬한 인상이 이후의 괴물들을 상상하는 데 토대가 되었기 때문일 것이다. 오히려 그 때문에 이 영화는 기억 속에서 사라졌던 것이 아닐까. 계속해서 덧칠된 그림의 밑바닥에 깔려있는 최초의 스케치처럼.

이 영화에 등장하는 다양한 괴물들 중에서 제노비아의 새 다리가 흐릿한 기억 속에 도드라지게 남았던 건 이후 다른 영화나 책에서 보지 못할 신선한 이미지였기 때문이리라. 포스터를 만드는 사람도 그것을 알았던 게 아닐까 싶다. 별다른 역할도 없는 새 다리를 그림의 중앙에 배치한 것을 보면.

그럼에도 불구하고, 각각의 괴물들은 나름대로의 매력을 가진다. 짜장면이나 계란프라이가 다 다른 맛을 지닌 것처럼. 어린아이가 좋아하는 음식이라는 공통점 아래 갖가지 개성을 보여주지 않는가. 그렇듯이 이들도 자신의 고유명사의 몫을 해낸다. 악은 필멸할 것이며 우리 편은 반드시 이길 것이라는 것을 알고 있어도 모든 모험은 흥미진진하다. 그러니 자신만의 이름을 가질 수 있는 것이다. "호랑이 눈깔"이라는 인상적인 이름을.

박사

책, 문화, 그리고 삶에 대해 읽고 겪고 중구난방으로 생각하고 쓰는 작가이다. 흥미를 끄는 모든 일에 기웃거리고, 그 일들을 다시 글로 쓰다 보니 출간한 책이 두 자릿수를 넘었다. 저서로『치킨에 다리가 하나여도 웃을 수 있다면』,『빈칸 책』,『은하철도999, 너의 별에 데려다줄게』,『고양이라서 다행이야』등이 있다. 그림, 전각, 바느질 등 손으로 하는 일을 좋아하고, 소리 내어 책을 읽어주는 것에서 기쁨을 느낀다. 요즘은 부처를 덕질하고 있다. 사람을 좋아하고 수다 떠는 것을 즐겨 '친구 없는 자들의 친구'로 불린다.

박사

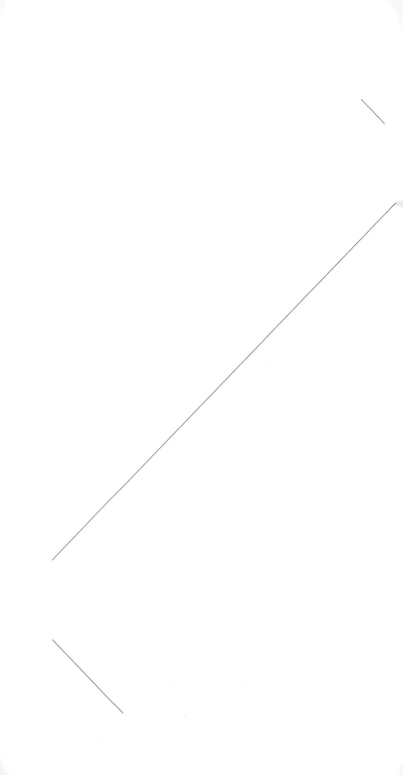

모험이 날 그렇게 했다

이다혜

인디아나 존스
Indiana Jones and The Temple of Doom

감독   스티븐 스필버그
제작연도   1984년

○

모험 영화를 좋아하는 사람과는 친구가 될 수 있다. 아주 오랫동안 나는 그런 믿음을 가지고 있었다. 낯설고 신기한 것에 반응하는 사람들이 좋았다. 미지의 땅, 미지의 보물, 미지의 인연. 책도 영화도 그래서 좋아하기 시작했다. 책과 영화는 나를 가장 먼 곳까지, 가장 미친 경험으로 데려갈 무언가라는, 경험에서 오는 확신이 있었기 때문이다. 셜록 홈스 시리즈는 나를 빅토리아 시대의 런던으로 데려갔고, 영화 〈구니스〉(1985)는 친구들과 함께 우연히 보물선을 발견하는 낭만적 상상의 무대를 제공했다. 사랑도 우정도 성공도, 내 마음에서는 전부 모험과 결부되었다. 집에서는 일어나지 않는 일이 세계 어딘가에서는 일어난다. 운이 아주 좋다면 모험은 인생을 바꿀지도 모른다. 이런 믿음은 나의 성격을 형성하는 데 지대한 영향을 주었다. 매일을 성실히 쌓아 조금씩 나아가기보다는, 운명적인 만남이 나를 치고 지나가는 일을 꿈꾸었던 셈이다. 나는 철이 없었고, 그런 내가 좋았다.

영화 전문지에 입사하던 때, 3차 시험 때 몇 번의 면접을 봐야 했다. 일간지 공채 시험이어서 부서별로 한 명씩 들어와 면접위원 앉을 자리도 없던 실무진 면접 때, 누군가 좋아하는 영화가 무엇인지 물었다. 당시 《씨네21》에서는 안정숙 전 편집장이 혼자 면접에 들어와 있었는데, 안정숙 편집장 외의 다른 사람들은 뭘 물어야 좋을지 몰라서인지 소개팅에서나 할 법한 질문들을 주로 던졌다. 좋아하는 영화가 무엇인가요.

찰나의 고민은 있었고, 제목이 정확히 기억나진 않지만, 스필버그의 영화를 댔다. 높은 확률로 〈인디아나 존스〉였다. 영화 잡지 지망이니까 예술 영화를 대지 않을까 하는 분위기가 있었고, 내 대답이 예상과 달라 신선하다는 반응이 기억난다. 내가 아마도 시네필이라 이름이 길고 복잡한 영화감독의 처음 들어보는 영화 제목을 말하리라고 예상했던 모양이다. 그 대답이 합격에 영향이 있었는지는 모르겠다. 다만 그 대답은 전략도 전술도 아니었다. 나는 90년대 중반 영화잡지 창간 붐이 불던 시기에 대학 입시를 치렀다. 나는《한겨레》금요일 자에 실리던 정성일 영화 평론가의 칼럼을 스크랩했고,〈중경삼림〉을 극장에서 보기 위해 자율학습을 빠졌다(극장에서 세 번 봤다). 영화잡지《키노》를 보고 타르콥스키 감독의〈희생〉도 두 번 극장에서 봤다. 내용은 거의 이해하지 못했지만. 다만 나는 시네필이라고 스스로를 생각해본 적은 없는데, 내가 미쳐있던 영화들은 언제나 할리우드의 흥행작들이었기 때문이었다. 영화 비평지에서 언급되는 영화들을 빼놓지 않고 보긴 했지만, 내가 생각하는 이야기의 이상은 할리우드가 기준이었다. 사실 영화만의 이야기는 아니었다. 나는 음악도, 소설도, 영화도 한국 작품보다 영미권 작품을 꿰고 성장했다. 아버지의 취향 덕이었다.

인디아나 존스(해리슨 포드)는 미국인이고 고고학자다. 1935년 상하이, 인디아나 존스는 청나라의 초대 황제인 누르하치의 유골이 담긴 보물을 놓고 라오 일당과 협상을 한다. 보물을 넘기고 다이아몬드를 손에 넣은 인디아나 존스가 술을 마시자, 라오 일당이 신나게 웃기 시작한다. 술에 독을 탔다는 것이다. 인디아나 존스는 해독제를 손에 넣기 위해 안간힘을 쓰고, 쇼가 한창이던 홀은 엉망이 된다. 인디아나 존스는 쇼걸 윌리(케이트 캡쇼), 그리고 꼬마 택시 운전사이자 오랜 친구인 중국인 소년 쇼트(조너선 케 콴)의 도움으로 현장에서 벗어난다. 막 출발하는 경비행기에 간신히 탑승해 목숨을 건진 듯했던 세 사람은 중국 충칭과 버마를 거쳐 히말라야산맥으로 떨어진다. 그곳에서 만난 마을 사람들은 하늘에서 떨어진 세 사람을 구세주로 여기고, 인디아나 존스에게 도움을 요청한다. 판콧 성으로 가 성스러운 돌을 되찾고 밀교에 납치된 아이들을 구해달라는 것이다. 판콧 성에 들어서면 전체 분량의 1/3이 지나간다.

모험 영화는 극장 안에 불이 켜지기까지 내릴 수 없는 놀이기구였다. 나는 거의 모든 이야기에 과몰입하기 선수인 데다 심리적인 면과 물리적인 면에서의 겁이 다 많다. 무서운 이야기는 가능하면 불을 다 켜고 박수를 치며 노래하며 들어야 마음이 놓이고(이런 내가 더 무섭다는 친구의 전언), 놀이기구는 롯데월드 기준으로 '신밧드의 모험'이 최대치다(무서움을 달래

이다해

려고 내가 계속 말을 걸어서 정신 사납다는 동행의 증언). 문제는 내가 두렵다고 안 하는 게 아니라, 언제나 할 수 있는 최대한, 혹은 그 이상의 시도에 적극적이라는 데 있었다. 〈인디아나 존스〉 같은 영화를 극장에서 보고 나면 온몸이 쑤시고 아픈데, 긴장으로 몸을 웅크리고 있어서였다. 극장에서는 소리를 내지 않아야 하니 두 손이 바쁘다 바빠. 눈을 가렸다 귀를 막았다 입을 막았다 팔을 쓸었다 정신이 없다. 그런데 그 과정이 너무 신나고 재밌었다. 영화가 끝나면 신나고 나른한 기분에 취하는데, 지구 끝까지 달리고 싶다가 나의 모든 꿈과 희망을 말하고 싶다가 했다. 그런 나를 데리고 극장을 다니신 어머니와 아버지께 감사드린다. 영화를 볼 때마다 주인공의 직업을 갖고 싶다고, 영화에 나오는 장소에 가보고 싶다고 혼이 빠져 수선을 떠는 어린이를 돌보는 일은 쉽지 않았을 것이다. 나는 극성인 영화를 보고 나서 영화보다 극성이 되어야 성이 차는 아이였다.

○

이쯤에서 인디아나 존스 시리즈의 족보 정리를 한번

해야 할 것 같다. 〈인디아나 존스〉는 인디아나 존스 시리즈의 두 번째 영화다. 한국 개봉명 기준으로 네 편의 영화 순서는 다음과 같다. 〈레이더스 Raiders of the Lost Ark〉(1981), 〈인디아나 존스 Indiana Jones and The Temple of Doom〉(1984), 〈인디아나 존스와 최후의 성전 Indiana Jones and The Last Crusade〉(1989), 〈인디아나 존스: 크리스탈 해골의 왕국 Indiana Jones and The Kingdom of the Crystal Skull〉(2008). 편의상 〈인디아나 존스 2〉라고 불리는 이 영화는 서울에서 1985년 5월 8일에 개봉했다. 시리즈 2편인 〈인디아나 존스〉는 유난히 불길한 색채가 짙고 공포물에 가까운 서스펜스 연출이 일품이다.

〈인디아나 존스〉는 당시 〈죠스〉(1975), 〈미지와의 조우〉(1977), 〈레이더스〉(1981), 〈E.T〉(1982)를 연달아 성공시킨 스티븐 스필버그 감독이 연출하고 스타워즈 시리즈 삼부작을 연출한 조지 루카스가 제작과 각본에 참여한 작품이었다. 스타워즈 시리즈가 기본적으로 하나의 이야기를 여러 편의 영화로 나눈 셈이었다면, 인디아나 존스 시리즈는 주인공 말고는 전작과 공통점보다 차이점이 많은 속편이었다. 이 시

이다혜

기에 조지 루카스는 이혼소송 중이었기 때문에 인생의 '암흑기'를 보내는 중이었고, 그 불똥은 〈인디아나 존스〉로 튀었다. 영화는 어두운 분위기일 예정이었고, 결과물은 실제로 어둡고 괴기스럽다. 계속 웃기기는 한다. 케이트 캡쇼가 연기하는 윌리는 수시로 비명을 질러댄다. 낯선 문화에 대한 이해도 수용도 어려운 윌리는 모든 걸 무서워하거나 인디아나 존스에게 성적으로 매혹되어 눈치 없이 군다. 절묘한 타이밍에 인디아나 존스를 구해내는 쇼트는 아이로 설정되었지만, 천진난만하고 충성스럽다는 설정이 아시아인에 대한 선입견을 부풀린 캐릭터처럼 느껴진다. 인디아나 존스를 제외하고는 기능적인 이유로 배치된 인물들이다. 여기 언급한 영화들의 공통점은 주인공인 백인 남성이 자기를 구하고, 가족을 구하고, 세계를 구하는 이야기라는 점이다. 에이리언 시리즈의 리플리(시고니 위버)와 터미네이터 시리즈의 사라 코너(린다 해밀턴) 정도를 제외하면 중심이 되는 여성은 제대로 싸우기보다 위기를 자초하는 이른바 민폐 캐릭터다. 〈인디아나 존스〉에서 비백인 캐릭터가 그려지는 방식을 지금 보면 한숨이 나온다. 만일 1984년의 인디아나 존스가 한국에 왔다면 불국사를 불바다로 만들고 개고기나 무속 관련 문화를 미개하다고 희화화했을지도 모른다. 그런 의미에서 인디아나 존스 시리즈는 서사 면에서 과거의 유물이다. 하지만 이 영화가 모험 영화로서 제공하는 승차감은 CG가 훨씬 발달한 2020년대의 영화에 견주어도 부족함이 없다. 나는 모험에 대해서라면 스타워즈 시리즈와 인디아나 존스 시리즈에서의 해리슨 포드가 되고 싶었다.

〈인디아나 존스〉 촬영 현장에서 배우들이 받은 디렉션은 "더 빠르게, 더 웃기게"뿐이었다는데, 실제로 영화는 시작하자마자부터 가속 페달만 밟는다. 그런데 절묘하게도 가속 페달의 종류가 여럿이다. 인디아나 존스 시리즈에서는 가장 긴장되는 순간에 부비 트랩을 주인공 앞에 놓는다. 부비트랩에 공포를 느끼다 빠져나갈 방도를 찾으면 가슴이 뻥 뚫리는 해방감을 느끼는데 바로 다음 순간 건드리지 말아야 할 것을 실수로 건드린다. 극도의 긴장이 풀리며 웃음이 새어 나오지만, 바로 다음 신에서는 더 큰 문제가 발생한다. 예컨대 보기만 해도 오싹한 이교도의 제의 광경을 발견하는 식이다. 액션, 코미디, 스릴러, 코미디, 공포, 코미디의 순으로 관객의 긴장을 조였다 풀었다 하며 점점 더 궁극의 쪼는 맛을 향해 롤러코스터가 천천히 올라간다. 〈인디아나 존스〉에서는 심장을 꺼내는 제의와 관련한 시퀀스가 나올 때까지 조이고, 조이고, 조이는데 그때부터는 웃음이 (거의) 없이 액션과 스릴러, 공포만을 오가며 쉴 틈 없이 전개된다.

○

이 시기 내가 눈을 뜬 할리우드 영화의 가장 놀라운 점은 속편의 대단함이었다. 이토록 대단한 재미가 한 편의 영화로 끝나지 않는다니. 아버지가 좋아한 〈석양의 건맨〉(1965), 〈대부 2〉(1974)를 필두로, 내가 사랑한 〈제국의 역습〉(1980), 〈에이리언 2〉(1986), 〈백 투 더 퓨쳐 2〉(1989), 〈다이하드 2〉(1990), 〈터미네이터 2〉(1991), 〈배트맨 2〉(1992)가 차례로 '지구 최고의 속편' 목록에 추가되었다. '2'가 있다는 것은 높은 확률로 '3'이 나온다는 뜻이었으니 더 좋았다. 십 대 내내 이 시리즈 영화들은 나의 취향의 핵심적인 부분을 형성했다. 이 영화들을 거의 초등학교 때 아버지 따라 극장에 가서 봤으니 아버지한테는 속편이었지만 내게는 1편이었다. 특히 초등학교 저학년 때 극장에서 본 〈인디아나 존스〉는 눈물이 날 지경으로 좋았다. 여행, 유머, 모험, 액션, 로맨스, 공포가 전부 있었다. 내가 좋아하는 요소의 총집합. 스티븐 스필버그의 위대한 흥행작 목록 중에서 빠질 수 없는 작품이다. 요즘은 최초 기획 단계부터 시리즈로 예정된 작품들이 많다. 시리즈, 혹은 시즌제 드라마로 생각하고 시작했다가 1편 반응이 좋지 않으면 속편 제작이 무산되는 일이 오히려 늘어서 영원히 회수되지 않는 떡밥이 많아졌다. 하지만 예전에는 한 편의 영화가 인기를 끌어서 부랴부랴 속편 제작에 나서는 일이 드물지 않았다. 그래서 더 대단한 것이다. 1편으로 마친 이야기를 갑자기 3부작으로 만들어야 하는 상황. 이렇게 되면 2편은 1편(완결된 작품)과 3편(시리즈 종장)의 연결고리가 되어야 하는 운명을 갑작스레 떠맡아 허술해지는 일도 드물지 않다. 그런데 어떤 영화들은 기억할 만한 완성도로 독보적인 오리지널이 되었다.

이야기의 패턴, 캐릭터의 패턴을 전부 처음 경험하던 성장기. 심지어 초등학교 때는 혼자 극장에 갈 수도, 동네마다 극장이 있지도, 유튜브가 있지도 않았기 때문에 영화를 본 뒤에는 좋아하는 장면을 머릿속으로 재생하고 상상해야 했다. 어떤 영화든 한참 전국 상영을 한 뒤에야 비디오로 출시되었고 그때까지 1~2

년이 걸렸기 때문이다. 그러니 극장의 어둠 속에서 대면한 영화 한 편을 다시 볼 수 있게 되기까지 내 안에서 수많은 이야기가 새롭게 생겨났다. 외전이나 팬픽과 같은 식의 곁다리를 뻗어가는 새로운 이야기가 끝도 없었다. 사랑에 대해서라면 영화 〈로맨싱 스톤〉(1984)과 〈칵테일〉(1988), 시드니 셸던의 소설들이 초등학교 고학년의 나를 키웠다. 지금 생각하면 허황되기 짝이 없어서, 남자 취향을 망친 게 그 시절의 미국 문물이었구나 하고 뭐든 욕하고 저주하고 싶은 마음이 들지만 여하튼 그랬다. 나이를 먹고도 사정은 크게 달라지지 않았다. 내가 스파이 영화를 좋아하는 이유는 007 시리즈부터 미션 임파서블 시리즈까지 세계의 아름다운 풍경을 볼 수 있게 해주기 때문이다. 그 안에서 주인공은 달리고 또 달린다. 이런 영화들을 보고 나면 극장에서 집까지 뛰어가고 싶다! 극장에 앉아 있었을 뿐인데 에너지 레벨이 최고치를 찍어서 얌전히 집에 갈 기분이 들지 않는다. 이런데 모험 영화를 어떻게 안 좋아하겠는가. 부탁드립니다. 국가가 허락한 마약 목록에 K팝과 더불어 모험 영화도 넣어주세요. 영화 〈쥬만지〉(1995)나 애니메이션 〈업〉(2009), 〈툼 레이더〉(2001)도 모험 영화 목록에 잊지 말고 추

가해주시고요.

　　나 자신을 어떻게든 해야 할 것 같은 요란한 기분이 드는 이유로 영화 음악을 맡은 존 윌리엄스도 빼놓을 수 없다. 모험 영화를 보고 싶은 마음은 모험 영화의 음악을 듣고 싶다는 뜻이기도 하다. 가슴이 뻐렁치는 이 느낌. 존 윌리엄스의 영화 음악을 나는 '동기부여' 음악이라고 부르는데, 기분이 처지거나 의욕이 안 생길 때 존 윌리엄스의 영화 음악을 틀면 갑자기 마음속 내가 누워있다가 일어나서 걷고 달리기 시작한다. 마음속 내가 먼저 달리고 현실의 나도 울기를 멈추고 뭐든 하게 된다. 크리스토퍼 리브의 슈퍼맨을 비롯해 스타워즈, 인디아나 존스, 쥬라기 공원, 나 홀로 집에, 해리 포터 시리즈 등의 테마음악이 전부 존 윌리엄스에게서 나왔다. 다 몇 번씩이나 반복해 보고 또 본 작품들이다.

○

그리고 마침내 알게 됐다. 8~90년대 할리우드산 모험 영화를 내가 사랑한 이유는, 그 영화들의 세계관이 공통적으로 지닌 '의심하지 않는 마음' 때문이었다고. 대항해시대 이래로 1세계 백인 남성에게 세계는 탐험하고 정복해야 할 대상이었다. 기준은 자기 자신과 자신이 속한 세계에 있었다. 그나마 인디아나 존스는 낯선 문명에 대해 존중하는 태도를 갖추고는 있다. 고고학자니까. 하지만 이 영화도 그런 태도를 갖추고 있다고 볼 수 있는가는 의문이다. 같은 시대에 만들어진 영화라 해도 '나'와 '내가 속한 세계'를 가운데 두고 세계를 받아들이는 해맑음은 한국 영화에 없었고, 거기에는 이유가 있었다. 내가 선 자리의 좌표를 확인하기 위해 고심을 반복하는 오늘날, 어린 시절의 내가 가졌던 막무가내의 낙관이 무엇이었을지 종종 생각한다. 타인의 세계가 갖는 상대적 가치를 존중하는 동시에 나를 중심에 두고 세계를 상상하는 힘을 잃지 않고 싶다. 세상 해맑고 싶을 땐 인디아나 존스가 됐다는 마음을 가지려고 한다. 인디아나 존스의 인생은 도서관과 세계 곳곳에 동시에 존재한다. 죽을 위기에서 보물을 발견하고, 보물을 놓을 때 삶을 잡을 수 있다. 이렇게 생각하면 마냥 나쁜 것도 마냥 좋은 것도 없다. 세상 최고의 해피엔딩은? '다음 기회'다.

이다혜
세상 모든 이야기의 헤비 유저. 『아무튼, 스릴러』, 『이수정 이다혜의 범죄 영화 프로파일』, 『코넌 도일』 등을 썼고, 옮긴 책으로 『영화를 만든다는 것』이 있다. 영화 전문지 《씨네21》 기자.

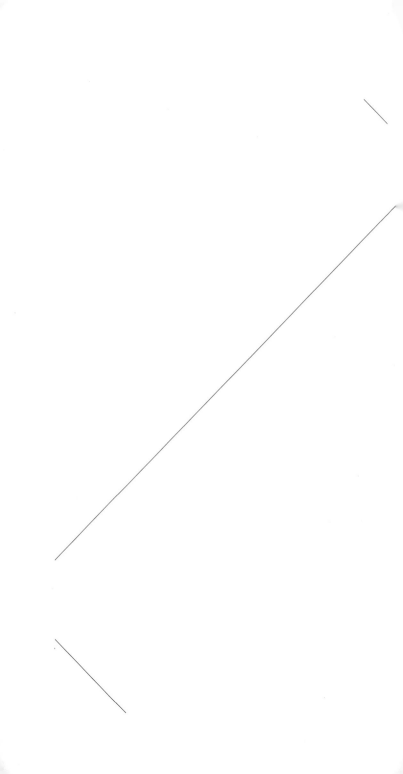

처음 본 것들의 꼬리를 잡고

서효인

주먹왕 랄프 2: 인터넷 속으로	라이온 킹
Ralph Breaks the Internet	*The Lion King*
감독 필 존스턴, 리치 무어	감독 로저 알러스, 롭 민코프
제작연도 2018년	제작연도 1994년

라이온 킹	십계
The Lion King	*The Ten Commandments*
감독 존 파브로	감독 세실 B. 드밀
제작연도 2019년	제작연도 1956년

우뢰매

감독 김청기
제작연도 1986년

○

딸아이와 처음 본 영화는 〈주먹왕 랄프 2: 인터넷 속
으로〉이다. 녀석은 전날부터 신났다. 예습 삼아 전편
인 〈주먹왕 랄프〉 1편을 VOD로 두 번 연달아 보는 정
성을 들여 '랄프'와 '바넬로피'의 이름과 성격을 확실
히 파악했다. 시리즈의 전편이 오락실 안에서의 모험
이었다면 속편은 오락실과는 비교할 수도 없는 넓은
세계, 인터넷에서의 탐험이다. 디즈니 애니메이션이
늘 그렇듯 어른이 보기에도 아이가 보기에도 좋았으
나, 아이보다는 어른에게 할 말이 더 많은 작품인 듯
도 했다. 온종일 스마트폰을 붙잡고, 혹은 컴퓨터 앞

에 앉아 인터넷 공간 어딘가에 자아를 의탁하고 있는 자들에게 '랄프'와 '바넬로피'의 이름과 성격은 더 확실하게 각인될 것이었다.

아이는 그런 것보다는 오랜만에 엄마 없이 맛보는 탄산음료와 팝콘의 재미에 푹 빠진 게 분명했다. 영화가 끝나고 기억에 남는 장면을 물어보니 바이러스에 공격당한 랄프가 무한 증식해 거대해지는 시퀀스를 꼽았다. 디즈니에서는 디즈니 공주가 모두 모여 이전과는 다른 새로운 공주의 모습을 보여주는 장면에 공을 들인 듯했다. 디즈니 홈페이지에서의 공연(?)을 위해 한 공간에 모인 디즈니의 온갖 공주들은 그간 공주들에, 그러니까 여성들에 갖고 있던 편견을 보기 좋게 부순다. 그렇지 않아도 딸아이는 언젠가부터 전통적 의미의 공주에 크게 관심이 없다. 쿨하지 않다나 뭐라나. 〈주먹왕 랄프〉의 디즈니 공주 장면은 아마 어릴 때부터 디즈니의 성수를 이마에 찍고 자랐던 나 같은 세대를 대상으로 정했을 것이었다. 그때 어떤 세계는 공주와 왕자로 이루어져 있었다. 우리 중 누구도 왕과 왕비의 자식이 아니었지만, 그래서 공주나 왕자가 될 리 없었지만, 그땐 그랬다.

심지어 동물의 세계 또한 마찬가지였는데, 내가

어머니와 극장에서 처음 본 영화이자 생애 첫 애니메이션 〈라이온 킹〉이 아마 가장 대표적일 것이다. 충장로 한가운데 자리했던 '무등극장'까지 어머니는 웬일로 택시를 타고 동생과 나를 데려갔다. '심바'는 왕의 아들이고, 그러하니 당연히 왕자고, 고로 밀림의 권력을 물려받을 권한이 있다. 그럴 권한이 없는 삼촌 '스카'는 악역이고 왕위를 찬탈했고 하이에나 떼와 함께 밀림을 수탈했다. 우여곡절 끝에 '하쿠나 마타타' 한 생활 패턴을 버리고 돌아온 심바. 하이에나와 스카를 제외한 모두가 심바를 기다려왔다. 특히 오랜 친구인 '날라'는 더욱더 그랬다. 그 기다림의 끝에 이런 노래가 나온다. 'Can You Feel the Love Tonight.' 그때 아이는 OST니 로맨스니 스토리니 영상미니 하는 것보다는 광주 시내 나름의 화려함과 큼큼한 상영관의 냄새에 정신이 팔려 있었던 게 분명하다.

딸아이의 첫 영화는 사실 〈라이온 킹〉이다. 그때 그 영화를 실사로 다시 만든 판을 유치원에서 단체 관람했다고 한다. 생은 이렇게 지나고 나서 돌아볼 때 늘 영화 같다. 지나고 있는 삶은 고된 다큐멘터리라고 하더라도. 아이에게 그 영화는 어땠느냐고 물으니, 스카가 정말 멋졌다고 한다. 특히 목소리가 대단했다고 한다. 그래서 어쩐지 결말이 마음에 들지 않았다고 한다. 딸아이의 조금 어긋나게 발달한 취향이 썩 마음에 들어 머리를 쓰다듬었다. 따지자면 〈라이온 킹〉은 '킹'으로 끝나는 제목에 걸맞게 전근대적 정치방식, 그러니까 왕정을 옹호한다는 측면에서 내용상의 결함이 분명하다. 사자는 먹이사슬의 최상단에 위치한 육식동물일 뿐이지 왕이 될 상이라고 할 수는 없다. 내게는 차라리 코끼리나 아름다운 기린이 되레 사바나의 왕족처럼 보이는 참이었다. 왜 하필 굳이 통치자의 계보가 육식동물-부계혈통으로 이어져야 하는지에 대한 설명은 별로 없다. 〈라이온 킹〉의 가장 현명한 자는 오히려 앞날을 예견하고, 운명 앞에 겸손할 줄 아는 '맨드릴개코원숭이'로 보이던데….

영화가 끝나고 어머니는 충장파출소 옆 메밀국숫집 '청원모밀'에서 유부초밥과 모밀자장을 시켜주었고 당신은 마른모밀을 드셨다. 택시비에 외식비까지 그날의 지출은 꽤 큰 편이었을 테다. 한번은 이런 일도 있었다. 오랜만에 찾은 '화니백화점'에서 어린이정식을 먹었는데 웬일인지 계산이 되지 않는 거였다. 어머니는 급하게 돈을 찾느라 발발 동동 구르다 동생과 나를 백화점 내 식당에 맡겨놓고는 어딘가를 다녀왔다. 그때 혹시라도 어머니가 다시 오지 않을까 봐 얼마나 걱정을 했던가. 그때 왜 백화점에서 밥을 먹자 졸랐을까. 후회라는 감정을 애먼 방식으로 배웠다. 후회는 불안을 부르고 불안은 영혼을 잠식한다. 아, 왜 우리는 돈이 없거나 부족한가. 아, 왜 우리는 그래도 백화점도 가고 극장도 가고 여행도 다니고 싶은가? 이상하게도 그 이후로 어머니와 단둘이 영화관에 간 적이 없다. 사자가 왕이 되는 이야기도 어쩌다 보게 된 건지 알 수가 없는 노릇이다.

　디즈니의 사자가 그냥 사자가 아님은 물론 알고 있다. 사자는 일종의 히어로로 기능한다. 태생이 히어로인 자가 배신과 음모를 겪고 원래의 자리에서 쫓겨나 고난당하나, 조력자와 동료를 만나 타고난 능력을 발휘해 세상을 구원한다는 이야기는 이야기 중의 이야기, 이야기의 근본이다. 영웅 이야기로서 영화를 즐긴 최초의 작품은 아무래도 〈십계〉인 듯하다. 막내 이모는 독실한 천주교인이었는데, 그 집에서 특이하게도 외할머니를 모시고 있었고, 당시로는 획기적인 30평대 계단식 아파트에 새로 입주했기에 외가 친척들의 모임 장소로 자주 활용되었다. 집 안 곳곳에 성모 마리아상과 십자가가 보였으나 아이들의 관심은 게

임기와 비디오였다. 게임기를 장시간 붙잡고 있게 하지 않았으므로 결국 비디오를 틀어야 했는데, 마음에 드는 테이프를 쉽게 내주는 이모는 또 아니어서 프로레슬링이나 '바이오 맨'을 몰아 보는 대가로 〈십계〉를 이어서 봐야 하는 거래가 성사되었다. 이모로서는 일종의 선교가 아니었을까 싶은데, 막내 이모의 아들 둘을 포함하여 올망졸망 앉아 있던 대여섯 명의 꼬마 중에 성령이 나름대로 임하신 꼬마는 나뿐이었다.

〈십계〉 때문에 성당에 나가게 된 건 아니었을 것이다. 막내 이모의 선교 때문은 더더욱 아니다. 그저 친한 친구가 그곳에 있어서 따라다니다 이성 친구도 만날 수 있겠다 싶어 본격적으로 자리를 잡은 것이었는데, 어릴 때 반복적으로 본 〈십계〉가 다소 지루했던 교리 시간을 버티는 데 다소 도움이 되었다. 〈십계〉는 기독교 영화가 그렇듯 성경의 내용을 당시의 기술과 배우의 연기력을 총동원해 섬세하게 재현하는 데 충실했다. 〈십계〉의 주인공은 타고나길 영웅은 아니었다. 도리어 일종의 민족 말살 정책(장자를 죽여라!)에 의해 태어나자마자 죽을 운명에 처하지만, 운명적 우연 혹은 신화적 구원에 힘입어 요람에서 건져져 이집트의 왕자가 되지만, 타고난 고난의 길을 받아들이

117

고 다시 히브리 민족에게 돌아간다. 그들을 노예가 아니게 하려 한다. 그들을 새로운 땅으로 인도하고자 한다. 바다를 갈라서라도, 새로운 계명을 세워서라도.

성령에 임한 꼬마답게 지금 기억에 남는 영화는 결국 〈십계〉이니, 내 인생 잠시 잠깐 존재했던 신앙생활의 원동력은 결국 재미있는 영웅 이야기였다고 해도 무방할 것이다. 모세라는 인간의 고뇌와 신념, 분노와 환희에는 왕자나 공주와는 상관없는 무엇이 있었다. 훗날 〈십계〉의 애니메이션 판이라고 할 수 있는 〈이집트 왕자〉를 성당 친구들과 같이 보았을 때 제목을 두고 시비를 가리는 데 홀로 열심이었다. 그는 왕자가 아니야. 그는 왕자가 되지 않으려 했던 사람이라고! 실제 모세는 왕자이길 포기하고 가장 아래로 임하였으며 가장 속됨까지 겪어낸 사람인데…. 모든 재미있는 이야기에는 반전이 있듯이 그에게도 반전이 있다. 자애롭게 양을 치는 하느님의 직속 부사관 정도 되는 줄은 알았는데, 양들의 일탈을 눈 뜨고는 못 보는 사령관일 줄이야! 십계는 사령관이 그보다 윗선에서 받아온 고귀한 명령이자 전언이다. 이 계명은 성경의 토대를 이루고 보편적 도덕의 기준이 된다. 영화의 제목은 그래서 〈십계〉가 맞다. 어쨌거나 영웅은 계명에 충실히 복무할 뿐이니.

계명이라고 할 것까지는 없겠지만 영화관에서도 지켜야 할 몇 가지 수칙이 있다. 휴대전화는 꺼놓거나 진동으로 해야 할 것이며, 조용히 영화에 집중해야 할 것이다. 불법 촬영을 하지 않아야 할 것이며, 허리를 너무 곧추세워서 뒷사람의 시야를 방해하지 말 것이며, 무릎이나 다리로 앞자리 관객의 신경을 긁어서도 아니 될 것이다. 그리고 무엇보다 정해진 자리에 앉아야 한다. 영화표에는 각자가 찾아 앉아야 할 자리가 알파벳과 숫자를 조합하여 표기되어 있다. 지금은 당연한 일이 예전에는 그렇지 않은 경우가 꽤 많은데 영화관의 자리가 그러할 것이다. 한때는 먼저 앉은 사람이 그 좌석의 임자가 되었다. 상영관 문이 열리면 좋은 자리를 차지하려고 종종걸음을 하거나 뛰고, 심지어 가방을 던졌다. 복합상영관이라는 게 생기면서부터 각 자리에 오와 열을 기준으로 한 번호가 생겼으니, 내가 처음 본 영화의 좌석은 그러니까 선착순으로 정해져야 했다. 그게 맞았다.

나는 할머니의 손을 잡고 문화회관인지 단관 극장인지 모를 곳에 들어선 꼬마였다. 영화는 심형래 주연의 〈우뢰매〉. 당시 최고의 코미디언이자 어린이의 우상 영구 심형래가 주연을 맡은 어린이 SF 영화다. 이렇게까지만 기억하면 안 될 것 같아 구글에 우뢰매 세 글자를 넣어보았다. 맞다. 특수 촬영(줄여서 특촬 이라고도 한다)한 실사와 애니메이션이 교차하는 편집이었다. 에스퍼맨이 와이어를 탈 때는 실사고, 우뢰매를 움직여 비행 전투 같은 것을 할 때에는 당연히 만화다.(애니메이션과는 다른 느낌이다.) 8탄까지 시리즈가 이어졌는데 전성기에는 비공식적으로 400만 가까운 관객이 들었다고 한다. 이 작품이 이렇게 많은 '탄'('시즌'과는 다른 느낌이다)으로 이어진 줄은 몰랐다. 당연히 내가 본 〈우뢰매〉가 몇 탄인지도 모르겠다. 줄거리를 읽어도 유튜브로 영화 장면을 재생해도 내가 뭘 본 건지 알 수 없다. 그저 심형래가 에스퍼맨이었다는 사실만 희미하게 기억할 뿐.

사실 기억하는 장면은 따로 있다. 가운데 위치해 고개를 들거나 숙이지 않아도 스크린이 잘 보일 만한 자리였던 것 같다. 통로와도 가까워 영화가 끝나고 길을 잃어버리지 않을 것 같기도 했다. 앞서 말한 선착순으로 앉는 자리 말이다. 그렇게 좋은 자리에 모르는 오누이가 앉아 있었는데, 오누이 중 누나가 잠시 자리를 비운 사이에 할머니가 당신의 손자, 그러니까 나를 거기에 앉힌 것이다. 꼬맹이들은 항의했다. 원래 우리 자리라고. 할머니는 되레 받아쳤다. 앉으면 주인이지, 원래가 어디 있냐 이놈들아! 둘은 황당하게 자리를 뺏기고 내 뒤편으로 가 다시 자리를 잡았다. 나는 어쩐지 창피하고 어색하고 무안했지만, 어떻게 해야 할지 잘 모르겠고, 그사이에 영화는 시작했고, 당연히 한 장의 티켓만 사서 나를 들여보낸 할머니는 그렇게 명당을 잡아준 것으로 어른의 몫(?)을 다하고 복도로 나가셨다. 그리고 한 시간을 기다렸을 것이다. 결국에는 기억하지 못하는, 그러나 끝내 기억하고 마는, 일곱 살의 영화를 위해서. 이기적이고 이타적인 어른의 모습으로.

할머니는 요양원에 있다. 딸아이는 할머니를 왕할머니라 부른다. 일 년에 한두 번 만났고, 이제 여덟 살이니 코로나 시국 전까지 다해서 열 번 정도 만났을 사이다. 내가 〈우뢰매〉를 잊은 것처럼 아이도 왕할머니를 잊겠지. 내가 〈우뢰매〉를 기억하는 것처럼 아이도 〈주먹왕 랄프〉를 기억할 것이다. 아이가 〈주먹왕 랄프〉를 기억한다면 왕할머니도 기억할 것이다. 내가 기억하는 첫 영화는 없는 것 같다. 허망한 결론이지만 내가 기억하는 첫 영화는 아마도 할머니인 듯하다. 랄프와 바넬로피처럼 랜선과 와이파이를 타고 온 세계를 떠돌면서 당신이 있는 요양원에는 가지 못한다. 내게 가장 이타적이고 그래서 가끔 이기적이었던 당신의 그곳 자리는 과연 명당일는지, 알 수 없어서 가끔 마음의 스크린이 시커멓다. 시커멓게 잊은 채로 시간이 간다.

서효인
저서로 시집『소년 파르티잔 행동 지침』,『백 년 동안의 세계대전』,『여수』, 산문집『이게 다 야구 때문이다』,『잘 왔어 우리 딸』,『아무튼 인기가요』등이 있다. 시를 짓고 글을 쓰며 책을 펜다. 와중에 딸아이와 가끔 영화도 본다.

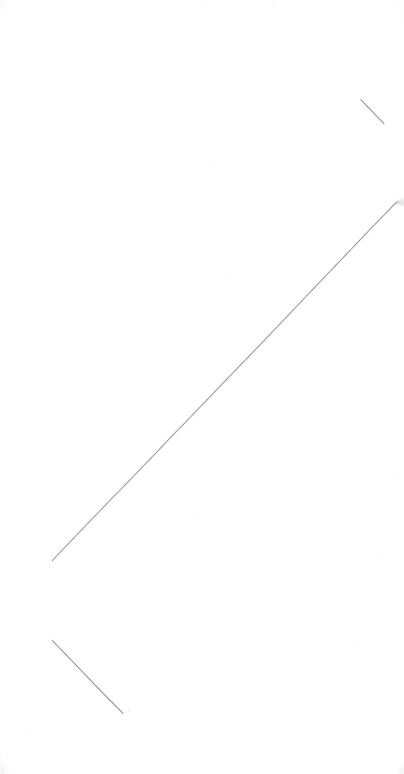

우리 안에 머물러 우리를 만드는 것들

박연준

패왕별희
霸王別姬

감독　　천카이거
제작연도　1993년

○

나는 집요함과는 거리가 멀고 기억력도 좋지 않다. 웬
만한 영화는 보고 나서 잊어버린다. 영화를 보았단 기
억은 있지만 내용을 떠올리지 못하기 일쑤다. 내가 본
수많은 영화는 나를 통과해 훨훨 사라졌단 말인가, 하
면 그렇진 않다고 확신한다. 우리가 본 영화들은 우리
를 통과해 지나가지만, 모두 다 지나가는 건 아니다.
어떤 장면, 어떤 대사, 인물의 눈빛, 목소리, 배경, 음
악, 그리고 그 영화를 보던 시간이나 장소, 마음의 일
렁임은 우리 안에 머문다. 그것들은 우리 안에 머물
러, 우리를 만든다.

○

"극장에서 처음 본 영화가 뭔지 기억해?"

　　요 며칠 친구들을 만날 때마다 물었다. 의외로 기억나지 않는다고 대답한 사람은 없었다. 처음 극장이란 장소에 진입한 일이 '작은 사건' 정도는 되는 걸까? 평범한 질문에 비해 친구들의 대답은 흥미로웠다. 그들이 대답한 영화 제목은 각자의 나이나 세대를 실감케 했고 (오, 이 영화 개봉했을 때 그 나이였단 말이지?) 당시의 풍속이 떠올랐으며, 시대를 뚫고 성장한 자의 '취향의 시작점'을 감지하게 만들기도 했다. 재밌는 건 처음 본 영화와 그걸 회고하는 방식, 영화에 대한 감상이 묘하게 '현재 그의 모습'과 어울린다는 점이었다. 마치 극장에서 처음 본 영화가 사람의 성격 (그리고 미래)을 예고하기라도 하는 것처럼 느꼈다. (물론 내 과잉 해석일지도 모르지만.) 열심히 묻고 다녔으니, 그들의 나이와 처음 본 영화, 육성을 살린 이야기를 소개하겠다.

○

78년생 A는 〈시애틀의 잠 못 이루는 밤〉(1993년 개봉)이라고 답했다. "생각해 봐. 내가 얼마나 지루했을지! 끔찍했지. 그때 어렸는데 감정선이 깊게 깔린 사랑 이야기를 어떻게 알아먹었겠어? 알게 뭐람. 꽈배기처럼 몸을 배배 꼬고 있었지!" 자, 나는 A의 첫 영화로 〈시애틀의 잠 못 이루는 밤〉이 제법 잘 어울린다고 생각했다. 그가 어린 시절을 미국에서 보내서만은 아니다. 논리와 이유를 덮어놓고, 그냥 그렇다고 느꼈다.

○

94년생 B는 〈해리 포터와 비밀의 방〉(2002년 개봉)이라고 답했다. 그가 한 이야기 중 기억나는 건 "아홉 살 때 봤어요."라는 것뿐. 놀라기 바빴다. 해리포터 시리즈가 극장에서 본 첫 영화일 수 있다니, 우리가 친구라니! (나이 상관없이 좋아하고, 가깝게 지내면 다 친구다.) 새삼 B와 세대 차이를 느꼈다. 그와 내가 자란 환경은 참 달랐겠다.

○

89년생 내 동생은 〈토이 스토리 2〉(1999년 개봉)이라고 답했다. "기억 안 나? 누나가 데려갔잖아. 내가 처음 본 영화라서 얼마나 떨렸는데! 집으로 돌아와 내 장난감 발바닥 아래에 다 이름 써놓았지. 밤마다 장난감들이 몰래 움직이는 상상하고 그랬어." 기억난다! 내가 스무 살 때, 어린 남동생을 종로 서울극장에 데리고 갔었다. 그 애가 얼마나 귀엽고 (그 많던 귀여움은 어디로 갔을까?) 말을 잘 들었는지!

○

76년생 C는 〈개 같은 내 인생〉(1989년 개봉)이라고 답했다. "처음에 〈우뢰매〉 단체 관람을 갔는데 나만 안 들어갔어. 나 심형래 싫어하거든. 내가 영화라는 걸 처음 극장에서 봤구나, 자의식을 갖게 한 건 〈개 같은 내 인생〉이었어. 중학교 2학년 때 도덕 선생님이랑 단체 관람했지. 충격받았던 게 기억나. 어떤 기분이었냐고? 나 이래도 되잖아. 나 나쁜 거 아니었잖아. 일기를 엄청 쓰게 만든 영화였어. 영화 보는 동안은 거만

했고, 영화 보고 나와서는 의기소침했지.” C는 말맛이 살아있는 싱싱한 언어로 시를 쓰는 시인이다. 그가 처음 본 영화가 〈개 같은 내 인생〉이라니! 나는 괜히 혼자 좋아했다. 영화 속 말 안 듣게 생긴 작은 소년이 얼마나 매력적이었는지, 기억난다. 어딘가 그를 좀 닮았다. C는 원작인 책도 가지고 있다며, 사진을 찍어 보내 줬다.

○

83년생 D는 〈마이 걸〉(1992년 개봉)이라고 답했다. “맨 처음 본 영화는 가설극장 같은 곳에서 본 〈우뢰매 3〉인데…. 확실하게 첫 기억으로 각인된 영화는 〈마이 걸〉이었어요.” 오! 흥미로웠다. 〈마이 걸〉의 서정적인 이미지와 두 꼬마의 귀엽고 애틋한 사랑 이야기가 기억난다. D는 쓸쓸하고 아름다운 시를 쓰는 시인인데, 〈마이 걸〉이라니! 그 영화가 어린 그의 마음에 어떤 '충격'으로 작용했을지 물어보지 않았다. 물어볼 필요도 없었다.

○

92년생 E는 〈에이미〉(1998년과 1999년 사이 겨울 개봉)이라고 답했다. "아빠가 세계적인 뮤지션이었는데, 공연 중 사고로 죽는 것을 목격한 에이미가 실어증에 걸리는 내용이었어요. 일곱 살 때 봤네요. 아직도 이거 보고 나오던 길목이 기억나요. 어땠냐고요? 너무나, 정말 너무너무 슬펐어요. 그냥 평범한 시내 길이었는데 모든 것이 달라져 있는 것처럼 보였어요. 영화를 보기 전과 보고 난 후가요." 영혼이 맑은 아이로, 감수성이 남다른 E의 첫 영화로 〈에이미〉라니. 어울렸다. 일곱 살의 E가 슬픔이 가시지 않은 채로 걸었을 시내 길, 그 말간 풍경이 눈앞에 보이는 것 같았다. 이쯤 되면 인간이 태어나 극장에서 본 첫 영화가 그의 성격 형성과 미래의 삶에 영향을 끼치는 게 아닐까, 혼자 흥분해서 멀리 나아가게 되었다.

○

94년생 F는 〈인셉션〉(2010년 개봉)이라고 답했다. "고1 때 여름이었어요. 친구와 같이 〈인셉션〉을 보러

간 게 첫 기억이네요. 그전까지는 가족들과도 영화를 보러 간 적이 없어요. 첫 경험을 너무 늦게 했죠?" 빈 티지를 좋아하고, 사진을 잘 찍고, 스케일이 큰 시를 쓰고, 성정이 투명하게 맑은 F. 그의 늦은 극장 나들이 가, 첫 영화로 〈인셉션〉을 본 것이 마음에 들었다. 무 언가가 딱딱 들어맞는 것 같았다.

○

누군가에 대해 좀 더 알고 싶다면 처음 극장에서 본 영화를 물어보라. 이야기 중에 그를 이루는 구성 성분 중 '씨앗'을 보게 될지도 모르고 그가 자란 시대의 얼 굴, 문화의 흐름이 '같이' 따라와 개인의 풍경을 보여 줄 수도 있을 테니까. 그렇다면 나는 어떨까.

○

내가 극장에서 처음 본 영화는 〈패왕별희〉다. 1993년 겨울, 열네 살이었다. 나는 열두 살 때부터 장국영의 열혈 팬이자 홍콩 영화 마니아였다. 비디오 대여점을 다람쥐처럼 드나드는 애송이로서 일주일에 서너 편씩

착실하게, 홍콩 영화 비디오테이프를 빌려다 보았다. 그땐 플레이어에 비디오테이프를 넣고, TV 화면과 연결해야 영화를 볼 수 있었다. 테이프가 플레이어에 걸리면 손바닥으로 기계를 탁탁 치기도 하고, 억지로 꺼내보려다 테이프를 망가트리기도 했다. 달리 재미있는 일이 없었다. 동네마다 비디오 대여점과 책 대여점이 생겨났고, 볼거리와 읽을거리를 빌려 보려는 사람들로 북적였다. 일찍이 '누아르 취향'을 견고히 쌓아온 나는 홍콩 배우들의 이름을 줄줄 꿰고 있었다. 장국영, 주윤발, 주성치, 종초홍, 왕조현, 유덕화, 알람탄, 임청하…. 바야흐로 홍콩 영화의 전성기였다. 나는 홍콩 영화를 너무 많이 봐 안경까지 쓰게 되었다. 그런 내가 드디어 극장 진출을 하게 되다니! 당시 고등학생이던 사촌언니와 극장에 갔는데, 언니가 선택한 영화가 〈패왕별희〉였다. 둘 다 홍콩 영화 팬이었고 (〈패왕별희〉는 중국 영화지만) 장국영의 신작이라는 이유만으로도 기뻤다. 장국영인데 문제 될 게 뭐란 말인가! 극장에 입성하던 날, 이런 다짐을 했던 게 기억난다. 이제부터 중요한(?) 영화는 극장에 가서 볼 거야. 나도 클 만큼 컸으니까!

극장은 캄캄하고 내밀한 곳이었다. 호두알 속의

호두가 된 기분이었다. 오밀조밀 붙어 앉은 사람들은 '함께'지만 '혼자'였다. 어두운 통로를 통해 전혀 다른 세계로 유입해 들어온 존재처럼, 모든 감각이 살아났다. 그건 확실히 방에 앉아 텔레비전 리모컨으로 비디오테이프를 재생하는 일과는 달랐다. 떠드는 사람도, 영화 보는 중간에 심부름을 시키는 사람도, 전화벨이나 인터폰 소리로 관람을 방해하는 요소도 없었다. 나는 진지하게 영화를, 영화나, 영화만 보면 되었다. 극장은 영화를 '대우'하는 곳이자 관객을 외부의 방해 요소로부터 지켜주는 곳이었다. 나는 한두 시간 동안 영화 보는 일 외엔 어떤 일도 할 수 없으리란 걸 알았다. 돈을 지불하고 영화 속의 시간을 사는 행위에 왠지 어른이 된 것 같았다. 푹신한 의자, 딱딱한 손잡이, 거대한 스크린, 쩌렁쩌렁 울리는 음향, 화면을 가득 채운 배우들의 움직임…. 단박에 극장이 마음에 들었다.

　나는 기대했다. 내가 그때까지 본 홍콩 영화(내 경력이 얼만데!)처럼 재미있는 일이 일어나기를. 도박장에서 초콜릿을 먹고 카드를 바꾸는 초능력자가 나오거나 쌍권총을 들고 코트 자락을 휘날리는 누아르풍 주인공이 나오기를. 시끄럽게 떠들고 웃기고 울고 사랑하는 인간들이 등장해 내 속의 관람객과 이물 감 없이 섞이기를 바랐다. 그러나 〈패왕별희〉는 단 한 번도 그런 장면을 보여주지 않았다. 나는 긴 시간 동 안 어둠 속에서 몸을 꼬며 시간을 견디고 있었다. 아 직 어린 태가 다 벗겨지지 않은 열네 살 아이에게 〈패 왕별희〉는 지나치게 높고, 어둡고, 심오했다. 어두운 이야기의 아름다움, 숨은 뜻을 알기에 나는 너무 애송 이였다. 영화 속 이야기들을 다 이해할 순 없었지만, 나는 그저 영화를 받아들였다. 이야기가 이야기로 흘 러가는 순간을 어둠 속에서 지켜봤던 기억이 난다. 지 금까지도 생생하게 기억에 남아있는 장면 몇 가지가 있다. 육손이로 태어난 '두지'를 경극 배우로 만들기 위해 두지의 엄마가 아이의 손가락 하나를 칼로 자르 던 장면, 혹독한 연습과 잦은 구타로 어린 배우 지망 생들이 힘들어하던 장면, 진한 분장을 하고 손끝을 요 리조리 뻗으며 아쟁 소리 같은 목소리로 노래 부르던 장국영의 모습이다. 영화는 길고 길었다. 상영시간이 세 시간 가까이 됐다. 내가 좋아하던 배우는 처음 보 는 얼굴을 하고 있고, 경극 문화는 낯설고, 영화 후반 부로 갈수록 중국 현대사와 경극 배우의 운명, 성 정 체성에 대한 인물의 혼란한 심리가 나오기에 장면만

겨우 따라가며 봤던 걸로 기억한다.

○

얼마 전 〈패왕별희 디 오리지널〉 버전이 나와 영화를
다시 봤을 때 놀랐다. 눈을 뗄 수 없을 정도로 영화의
장면 장면이 흥미로웠다. 세 시간 가까운 시간이 짧게
느껴질 정도였다. 내 기억에서 사라졌던 장면들—영
화 속에서 세 명의 인물이 자살했고, 세 번 다 말할 수
없이 슬펐으며, 세 번 다 말로 (다) 표현할 수 없는 이
유로 죽을 수밖에 없었다는 걸 1993년엔 몰랐다.

　　다시 본 〈패왕별희〉는 사랑의 쓸쓸함을 말하고
있었다. 그토록 사랑했지만 사랑에서 빗겨날 수밖에
없는 일들에 대해서, 꽃잎처럼 쉽게 뒤집어지지만 바
위처럼 변하지 않는 어느 한때의 마음에 대해서 말하
고 있었다.

○

극장에서 본 첫 영화가 〈패왕별희〉란 게 마음에 든다.
모르는 채로 내 몸에 스며들었을 어둠, 사랑에 종종
맹렬해지는 점, 경극 배우 같은 동작으로 종이 위를

서성일 때가 있다는 점이 맘에 든다.

　　우리가 본 영화들은 우리를 통과해 지나가지만, 모두 다 지나가는 건 아니다. 어떤 장면, 어떤 대사, 인물의 눈빛, 목소리, 배경, 음악, 그리고 그 영화를 보던 시간이나 장소, 마음의 일렁임은 우리 안에 머문다.

　　박연준

파주에 살며 시와 산문을 쓴다. 대체로 태평하고 이따금 종종거리며 산다. 숲길 걷기, 사물 관찰하기, 고양이 곁에 앉아있기, 발레를 좋아한다. 열두 살 때부터 홍콩 영화를 너무 많이 봐 안경까지 쓰게 되었다. 2004년 '중앙신인문학상'을 받으며 등단했다. 시집 『속눈썹이 지르는 비명』, 『아버지는 나를 처제, 하고 불렀다』, 『베누스 푸디카』, 『밤, 비, 뱀』이 있고, 산문집 『소란』, 『밤은 길고, 괴롭습니다』, 『인생은 이상하게 흐른다』, 『모월모일』, 공저 『우리는 서로 조심하라고 말하며 걸었다』, 『내 아침 인사 대신 읽어보오』 등이 있다.

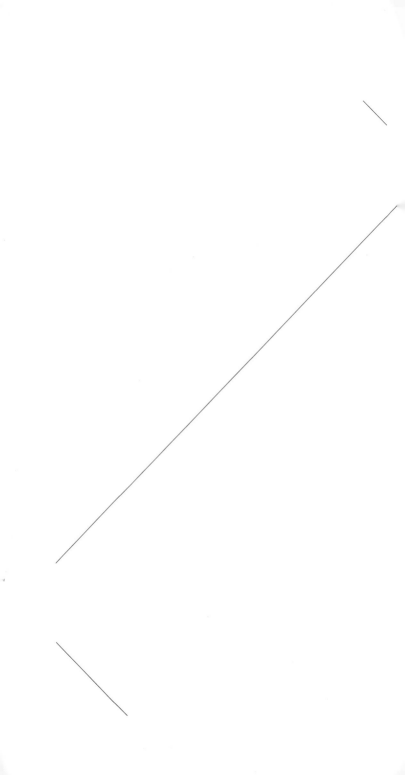

여전히 봄이어서 꽃 몸살을 앓는 너에게

강수정

페드라
Phaedra

감독　　줄스 다신
제작연도　1962년

○

무심히 흘려보내던 풍경 속에서 불현듯 빛의 희롱처럼, 신의 장난처럼, 그리하여 일제히 터지는 봄꽃의 찬란함처럼 순간적으로 뭔가에 꼼짝없이 사로잡혀, 존재가 들린 듯 한없이 가벼워지며 영원과 찰나의 경계가 사라지는 경험을 할 때가 있다. 행복의 전율, 그 황홀한 느낌. 그 경험은 번번이 당혹스럽고 언제나 처음인 양 새롭다. 그러니 이건 결국 첫사랑에 대한 이야기이다.

　마음을 훑고 지나는 강렬한 충격과 오래도록 이어지는 여진 같은 울렁임. 첫사랑은 언제나 열병처럼

140

마음을 달뜨게 하고, 뜨거웠던 첫 기억은 존재에 각인된다. 그토록 사랑했던 기억은 세월이 아무리 흘러도, 자질구레하지만 하찮을 수 없는 일상에 밀려 한참을 돌아보지 못하더라도, 어딘가에는 반드시 남아 있다. 오래전 어느 철없던 날에 새긴 타투처럼 간혹 색과 의미를 잃어 행여나 눈에 띌까 한숨 쉬며 외면하는 경우가 왜 없겠냐만, 어딘가에는 반드시 남아 있다. 그렇지 않고서야 이제 와서 뜬금없이 〈페드라〉가 떠올랐을 리가.

물론 이제는 채 돌아서기도 전에 생각이 휘발되어 하루에도 몇 번씩 혼자서 얼음-땡 놀이를 하는 터라 처음 본 영화를 생각해내기 위해 길고 어둡고 또 굽이진 기억의 터널 속을 헤맬 때는 흡사 전생을 넘겨다보려는 시도처럼 까마득한 기분이었다. 그러고는 고지식하게도 생전 처음 영화관에 앉아서 봤던 (것 같은) 성룡의 〈취권〉에 대해 쓰려고 했을 때, 문득 어디 깊숙한 곳에 틀어박혀 보이지 않던 기억의 문이 슬그머니 열렸다. 오래도록 잊고 있었던, 때때로 영화 프로그램에서 오리지널 〈사이코〉와 그 유명한 샤워 신의 안소니 퍼킨스(안소니 홉킨스 아님 매우 주의)를 보면서도 한 번도 생각나지 않았던 〈페드라〉의 기억이 느닷없이 되살아났다. 그리고 실제로 세어볼 수 있다면 알게 뭐람, 아흔두 번째이거나 백스물일곱 번째일지도 모를 〈페드라〉는 누가 뭐래도 나의 첫 영화였다. 유치원부터 따지든 어른이 되어서든 몇 명을 스치고 만나고 사귀었으면 무엇 하랴. 첫사랑은 따로 있는 것이다.

"내게 독을 준 대가로 네게 젖과 꿀을 주리라"

주변에 탐문해본 바 제목조차 생소하다는 반응이 많았기에 줄거리를 짧게 정리하자면, 일단 타이틀 롤인 페드라가 있다. 여신처럼 당당하고 고혹적인 그녀는 그리스 해운업계의 1인자 자리를 노리는 정력적인 사업가 타노스의 부인이다. 타노스에겐 전처와의 사이에서 얻은 알렉시스라는 아들이 있지만, 그는 새어머니라는 존재 자체를 미워한 데다 반은 영국 혈통이기 때문에 어려서 그리스를 떠나 집으로 돌아오려 하지 않는다. 아들을 몹시 사랑하며 아들을 통해 사업을 더 키우려는 속셈이 있었던 타노스는 이제 가족이 화합도 할 겸 아들을 직접 집으로 데려오라며 알렉시스가 대학에 다니고 있는 런던으로 페드라를 보낸다. 페드라는 내키지 않는 마음으로 알렉시스를 만나러 가지만 젊고 순수한 그를 보는 순간 첫눈에 사랑을 느끼고, 알렉시스 역시 농염한 매력을 지닌 페드라에게 빠져든다. 신화적이고 비극적이고 파격적이다. 아니, 이 영화는 실제로 그냥 신화이고 비극이며 파격이다.

그리스 신화에서는 파이드라(페드라)가 테세우스의 부인이며, 의붓아들인 히폴리투스에게 정념을 품는다. (그리고 영화와 달리 신화에서는 히폴리투스가 파이드라의 마음을 받아주지 않고, 그러자 파이드라는 그가 자신을 겁탈하려 했다며 무고한다.) 알다시피 테세우스는 아리아드네의 도움으로 그녀가 준 실타래와 칼을 들고 다이달로스가 만든 미궁으로 들어가 미노타우로스를 처치하고 아테네의 왕이 되는 인물이다.

옛날이야기는 전하는 사람에 따라 살이 붙기도 하고 옆으로 새기도 해서 여러 가지 설이 존재할 때가 많은데, 아무튼 일설을 따르자면 2대에 걸친 이 비극에는 사랑의 신인 아프로디테의 역할이 적지 않았다. 크레타의 공주인 아리아드네가 테세우스를 사랑하게 된 데에도, 그녀의 동생으로 나중에 테세우스와 결혼한 파이드라가 히폴리투스에게 정념을 품게 된 데에도 아프로디테의 의지가 작용했기 때문이다. (참고로 테세우스는 자신을 도와준 아리아드네에게 결혼을 약속했지만, 귀국길에 그녀를 어느 섬에 버리고 돌아온다!)

아프로디테는 테세우스를 돕기 위해 에로스를 시켜 아리아드네에게 사랑의 화살을 쏘았고, 자신을 무시한 채 순결의 신인 아르테미스에게만 제물을 바치는 히폴리투스에게 분노하여 그를 벌하고자 파이드라의 애욕을 불러일으켰다(고 한다). 이쯤 되면 사랑의 포로들은 제장, 결국 아프로디테의 꼭두각시일 뿐인가 싶어지지만, 사랑이라는 감정에 빠져 "내 마음 나도 몰라" 어쩌지 못할 때의 그 무력감이 때로는 그토록 원초적으로 느껴지기 때문에 운명이나 신들의 분노를 운운해야 했던 것인지도 모른다.

신화 속의 이 이야기로 희곡 〈페드르와 이폴리트〉를 쓴 장 라신도 페드르라는 인물에 대해 그렇게 설명했다. "그녀는 자신의 운명과 신들의 분노로 부당한 정념에 빠지게 되지만, 그 누구보다 스스로 그것을 혐오스러워한다. 그녀는 그 정념을 극복하려고 모든 노력을 다한다. 그리고 그것을 누구에게 고백하느니 차라리 죽는 편이 낫다고 여긴다. 어쩔 수 없이 그

정념을 털어놓게 되었을 때에는 혼란스러운 상태에서 그에 대해 말한다. 이는 그녀의 죄가 자기 의지의 발현이라기보다는 신들의 형벌임을 잘 보여준다." ※⟨페드르와 이폴리트⟩ 중 서문, 장 라신

아름다운 것들의 허망한 그림자

무지하도록 순수했던 그 어린 나이에 내가 결단코 뭘 알았던 건 아니다. 뭘 이해했던 것도 아마 아니다. 가치 판단 같은 것은 개입하지 않았다. 좋은 놈, 나쁜 놈, 이상한 놈을 따질 겨를이 없었다. 뭔지는 잘 모르겠지만 어쨌거나 아름다운 것에, 눈부시게 찬란한 것에 그저 홀린 듯 빠져들었을 뿐이다. 페드라가 알렉시스에게 그랬듯이. 그녀에게 첫사랑을 고백한 알렉시스가 그랬듯이. 사람들은 한결같은 상록의 기개를 칭송하지만 꽃이 피면 늘 푸르던 것들은 잠시 잊힌다. 낙락장송이 다시금 독야청청할 날이 이내 올지언정, 황홀하도록 찬란한 것에는 잠시나마 마음을 빼앗긴다. 누구라도. 그리고 어떤 이들은 취생몽사의 아름다움에서 끝내 헤어 나오지 못한다.

그래서 양은주전자 손에 들고 술도가로 심부름

갔다가 호기심에 한두 모금 몰래 마시고 해롱거리는 아이처럼, 내가 이 영화에서 멋모르고 받아먹다 취해버린 술지게미는 사운드트랙이었다. 아버지의 저주어린 추방 선고를 받은 알렉시스가 나이에 버거운 환멸을 페드라에게 쏟아낸 후, 자동차를 몰고 그리스의 해안도로를 질주하는 마지막 장면에서 흐르던 음악이 바흐의 토카타와 푸가 D단조 BWV 565의 선율이라는 건 몰랐다. 격정과 울분으로 지글지글 끓어대는 내레이션과 광기 어린 멜로디, 처음엔 무작정 사랑의 절규일 거라고 생각했지만 이제는 거기에 담긴 희로애락 애오욕의 비율을 가름할 수 없는 그의 외침, "페드라! 페드라!" 그리고 불길함을 고조하는 날카로운 스크리치. 이쯤까지 듣다 보면 나는 어느새 과녁이 되어버린 양 꼼짝 없이 서 있고 수만의 느낌표들이 명궁의 화살처럼 날아와 가슴에 박히는 것 같은 폭발음. 이 모든 것들이 어우러지면서 만들어내는 비장미는 뭐라 표현할 길 없이 압도적이었다. 취하지 않을 도리가 없었다. 멋모르는 시절에는 운명적이고 비극적인 사랑을 꿈꾸기도 한다.

영화 자체도 화살처럼 정직하게 날아간다. 꼼수도 없고, 어떤 복선도 반전도 없다. 하지만 마지막에 알렉시스가 떠나가며 한 이 말에 담긴 뜻은 무엇이었을까. "나는 스물네 살이에요. 그게 다예요. 겨우 스물넷." 마치 나이가 들면 운명을 피해갈 수 있을 거라는 듯이. 사랑의 화살을 맞더라도 해독할 능력이 생길 거라는 듯이. 어쩌면 첫사랑은 사랑의 실험이며 면역을 얻기 위해 그저 한 번 되게 앓고 넘어갈 수 있는 것이어야 했다는 듯이.

템스강에 제물을 바치며 너를 원한다

둘만의 일일 수 없을 때 사랑은 복잡해진다. 가장 가까운 사람에게 숨겨야 하는 사랑은 두렵다. 비밀은 달콤하고 짜릿하지만 끝내는 무겁고 불안하다. 어쩌면 한 사람은 피어나고 또 한 사람은 시들어간다는 사실도 불안을 자아냈을지 모른다. 언제나 여신처럼 등장하며 사랑받을 권리를 밀린 이자까지 쳐서 받아내겠다는 듯 당당하던 페드라가 사랑을 하면서 불안으로 흔들리기 시작한다. 사랑을 거부하고 부정하고, 사랑을 갈구하고 질투한다. 부족함이라곤 모르던 삶에 간절히 채워야 할 결핍이 생겨난다.

생의 결핍은 어디서 오는가. 페드라는 풍요롭고

권태롭다. 풍요와 권태에 지쳐 있다. 풍요와 권태는 제멋대로 날뛰는 야생마 같아서 고삐를 제어하기가 여간 어렵지 않고, 삶을 스스로 컨트롤할 수 없을 때 사람들은 어느 순간 벼랑 끝에 선 자신을 발견하기도 한다. 모두가 우러르는 높이에서 천하를 다 가진 것처럼 보이지만, 발밑은 위태롭고 돌풍은 사납다. 그럴 때면 아무리 많은 것을 가졌더라도 그저 누군가 불을 켜놓고 기다려주는 집으로 돌아가 그 사람의 품에 안겨 잠드는 안온한 삶을 꿈꾸게 된다.

풍요로운 사람의 기름진 결핍은 그토록 고약한 것이어서 알아내기도 힘든 미세 영양소의 부족이 현기증을 일으키고 눈앞에 별 가루를 흩뿌린다. 물론 그건 배부른 소리이며 철없는 푸념이기 쉽지만, 어쨌거나 그것이 채워지지 않는 한 그는 고통 받는 것이다. 그의 삶이 꼭 끝없는 터널이어서가 아니다. 온통 검은 구덩이여서가 아니다. 무던한 벌판에 무심한 허방이, 반짝이는 별들 속에 작은 블랙홀이 존재를 삼킨다. 그 속의 진공 같은 공허가, 농도 짙은 슬픔이, 존재를 끌어당긴다. 외로움이며 쓸쓸함, 허무 같은 것들이 허허롭게 차오르고, 버티는 발버둥 속에서 버티는 의미와 가치를 묻는, 무의미의 과호흡에 시달린다.

그러니 먼 바다에서 난파한 가족의 생사만이라도 알려달라는 여인들의 애원이 페드라의 귀에는 들리지 않는다. 땀과 소금기로 주름진 얼굴에 그을음 같은 검은 옷을 입은 여인들을 사납게 밀쳐내며 오롯이 자신의 욕망에만 집중하는 페드라는 'S/S 페드라 호'를 삼켜버린 격랑처럼 모든 걸 파멸시킬 기세다. 결핍을 채우기 위해. 불안을 떨치기 위해. 사랑을 지킬 수만 있다면 그녀는 아무래도 상관없다. 손가락질하며 수군거리는 사람들의 시선이 뜨거운 줄도 모른다. 그리고 그 사랑을 지킬 수 없다면, 그때야말로 아무것도 상관이 없다.

사랑의 기쁨과 괴로움

장 라신의 희곡에서 페드르(페드라)의 유모인 외논은 이렇게 말한다. "보세요, 다른 눈으로, 용서받을 수 있는 잘못입니다. 마마는 사랑을 하세요. 누구도 운명을 거스를 순 없어요. 마마는 치명적인 매력에 이끌려 여기까지 온 거예요. 그래, 그것이 어디 들어본 적 없는 놀라운 일이랍니까?"※〈페드르와 이폴리트〉 사랑은 사람의 일인 것만이 아니라 "올림포스에 거주하는 신들조차도 때로는 부당한 연모의 불길"을 태운다. 아프로디테는 참 부지런하기도 하지. (그런데 여신님, 여기요! 여기, 저기요!)

○

그리고 그는 어느 봄날에 첫사랑에게 전화를 걸었다. 술기운에, 아마도 봄기운에, 아지랑이처럼 아련하고 꽃 몸살 앓듯 아득한 기억에 잠시 흔들렸을 목소리가 멀리서, 그보다 더 먼 세월을 넘어 들려왔다. 곱고 찬란한 시간에 주었던 마음을 그냥 버리기 아쉬웠겠지. 그래서 그것들을 책갈피 속에 켜켜이 넣어 두었다가 이제 시들어 바스러지는 시간의 흔적들을 앞에 놓고 황홀했던 옛 모습을 재구성하려 안간힘을 썼겠지. 추억은 기억을 보정하는 상상력이지만, 지나친 보정은 기억에 해롭다. 지나친 기억은 일상에 해롭다.

  그러니 행여 그때 하지 못했던 말이나 하지 말았어야 했던 말들의 기억이 독주처럼 뜨겁게 넘어가 뒤늦게 번지는 취기 속에서 잠시 휘청이더라도, 아무것도 후회하지 말아야 한다. 세월 속에서 색과 의미를 잃어버린 것들은 때론 저절로 희미해지게 내버려 두

어야 한다.

　비장미 같은 건 없다 해도 '디 엔드'가 뜰 때까지 몰입할 수 있도록, 엔딩 크레디트가 풍성하고 스페셜 땡스가 화면을 가득 메우도록, 쿠키 영상 하나쯤 숨겨놓을 유머와 에너지를 간직할 수 있도록, 지금의 계절을 살아가야 한다. 어쩌면 그래야 다시 한번 첫사랑을, 그래야 지금의 사랑에게서 또다시 첫사랑을 느낄 수 있지 않을까. 어쨌거나 이건 첫사랑에 대한 이야기니까.

　　강수정

대학에서는 행정학을 전공했지만 입신양명에 뜻한 바 없어 여기저기 기웃거리다가 출판계에 발을 들였다. 출판사와 잡지사 등을 전전한 끝에 번역을 본격적으로 시작했다. 엄벙덤벙하는 성격과 달리 말을 고르고 뜻을 옮기는 작업이 잘 맞았고, 영광스럽게도 존 버거와 허먼 멜빌, 알베르토 망겔처럼 개인적으로 좋아하는 여러 작가의 글을 우리말로 옮길 기회를 누렸다. 이제는 그저 틈틈이 일을 하며 책을 읽고 영화를 보고 글을 쓰는 한량의 삶을 꿈꾸고 있다. 영화 에세이 『한 줄도 좋다, 가족 영화』를 썼다.

강수정

마음의 일렁임은 우리 안에 머물고

나의 첫 영화 이야기

초판 1쇄 발행 2021년 8월 31일

지은이　　강수정, 김남숙, 김상혁, 박사, 박연준,
　　　　　서효인, 송경원, 유재영, 이다혜, 이명석

발행·편집　유지희
디자인　　이기준
제작　　　제이오
펴낸곳　　테오리아

출판등록　2013년 6월 28일 제25100-2015-000033호
주소　　　04064 서울시 마포구 서강로 95, 108-1801
전화　　　02-3144-7827
팩스　　　0303-3444-7827
전자우편　theoriabooks@gmail.com

ISBN　　979-11-87789-34-5 03810